KJB

Sarah Moore Fitzgerald

All die verborgenen Dinge

Aus dem Englischen von
Adelheid Zöfel

KJB

Erschienen bei FISCHER KJB

Die englische Originalausgabe erschien 2016
unter dem Titel ›A very good Chance‹ bei
Orion Children's Books, a division of
the Orion Publishing Group Ltd, London

Lektorat: Carla Felgentreff
Satz: Pinkuin Satz und Datentechnik, Berlin
Druck und Bindung: CPI books GmbH, Leck
Printed in Germany
ISBN 978-3-7373-5197-3

I

Ned Buckley und Martin Cassidy kamen mitten im Winterhalbjahr in unsere Klasse, und am Anfang hingen die beiden immer zusammen. Sie hatten den gleichen Gang und den gleichen grüblerischen Gesichtsausdruck. Sonst sahen sie allerdings total verschieden aus: Martin hatte helle, kleine Augen, ein rundes Gesicht und rote Haare, und wenn er die Faust ballte, wurden seine Finger ganz lila.

Neds Hände waren braungebrannt. Sein Gesicht auch. Er hatte große Augen, und seine Wimpern waren ganz dunkel, als würde er Mascara verwenden. Aber wer Ned Buckley kannte, wusste, dass das unmöglich war. Ich weiß noch genau, dass Laura mich immer wieder schubste und zischte, ich solle ihn nicht dauernd anglotzen. Aber ich konnte einfach nicht anders.

Serena Serralunga, unsere Geschichtslehrerin, sagte, wir sollten nett zu den beiden sein und uns um sie kümmern, aber es ist gar nicht so leicht, sich um Leute zu kümmern, die nie etwas sagen und keinen anschauen, wenn sie ins Klassenzimmer kommen, und die immer plötzlich verschwinden, und man hat null Ahnung, wieso.

Martin Cassidy blieb nur achtzehn Tage, dann war er wieder weg. Für immer. Ich konnte mich schon bald gar nicht mehr richtig an ihn erinnern, außer an seine roten Haare und seine lila Fäuste. Wir hatten uns nicht besonders um ihn gekümmert, aber er hatte uns, ehrlich gesagt, auch kaum eine Chance gegeben.

Serena Serralunga sagte, manchmal braucht der Mensch jemanden, der ihm freundlich die Hand reicht und ihm zeigt, wo der Getränkeautomat steht, oder sonst irgendwas Nettes sagt – solche Kleinigkeiten können bewirken, dass jemand in der Schule bleibt, auch wenn er lieber abhauen würde.

Ich kann mich nicht erinnern, dass am Anfang irgendjemand ernsthaft versucht hat, mit Martin oder Ned zu reden – warum auch? Die Leute in meiner Klasse tuscheln lieber hintenrum über die anderen. So ist das eben in der Nettlebog Secondary School. Und in der Beziehung ist Brendan Kirby unser König.

★★★

Dass Martin Cassidy einen Unfall hatte, sprach sich blitzschnell herum. Serena Serralunga sagte, er sei vom Pferd gefallen, und sofort prustete Brendan Kirby los – er platzt nämlich immer vor Schadenfreude, wenn jemandem etwas zustößt.

Vielleicht hätte er nicht ganz so hemmungslos gelacht, wenn Dougie oder Laura oder ich betroffen gewesen wären, aber wer weiß. Brendan findet es extrem lustig, wenn andere Leute irgendwie Pech haben – aber er hatte außerdem speziell was gegen Martin Cassidy und Ned Buckley.

Ich muss zugeben: Eigentlich hatten wir alle irgendwie was gegen sie. Aus komplizierten Gründen, die schwer zu erklären sind.

★★★

Ich weiß noch ganz genau, wie ich das erste Mal Ned Buckleys Stimme gehört habe. Brendan saß wie immer in der letzten Reihe, seine Fans um sich versammelt.

»Der ist mit ein paar wilden Jungs durch den Fluss geritten«, verkündete er. »Und dabei hat er sich das Steißbein gebrochen. Weiß einer von euch, was das Steißbein eigentlich ist?« Zu Brendans großer Genugtuung wusste es keiner. »Es ist der Schwanz der Wirbelsäule. Und jetzt muss er mit seinem gebrochenen Hinterteil dauernd umziehen. Seine Familie bleibt nirgends besonders lange, müsst ihr wissen.«

Alle nickten, als wäre Brendan ein Quell unerschöpflichen Wissens.

Keiner hatte darauf geachtet, dass Ned hinten in der Ecke an seinem Tisch saß. Jetzt erhob er sich langsam und ging auf Brendan zu. Ned war so lange und so konsequent stumm und undurchschaubar gewesen, dass diese Aktion uns unglaublich verblüffte – als hätte er plötzlich Flügel bekommen und würde über uns hinwegfliegen.

»Ihr solltet lieber nicht über Dinge reden, von denen ihr keine Ahnung habt«, sagte er und fixierte uns mit seinem Blick. Seine Stimme war klar und deutlich, und wir starrten ihn alle nur an, mit offenem Mund.

Nachdem er das gesagt hatte, tat Ned das, was er immer am Ende des Schultags tat: Er ging zur Tür hinaus, ohne sich noch einmal umzudrehen.

★★★

Ich werde nie vergessen, wie sehr seine Worte uns beeindruckt haben – er hatte sein Schweigen durchbrochen. Weil er nicht wollte, dass Brendans gemeine Bemerkungen über Martin Cassidy sich herumsprachen. Brendans Gehässigkeiten machten nämlich in der Regel sehr schnell die Runde, egal, worum es ging.

Danach änderte sich so einiges in unserer Klasse. Es waren keine dramatischen Veränderungen, aber sie waren schon so, dass jeder sie bemerkte. Zum Beispiel schaute sich Brendan vorsichtshalber immer um, bevor er mit seinem Fanclub über jemanden herzog.

2

Am Anfang der Nettlebog Lane befindet sich eine Art Tunnel aus Bäumen. Die Straße selbst ist schmal und kurvig und hat in der Mitte einen mickrigen Grasstreifen.

Wenn man die Straße weiterfährt, sieht man, dass der Fluss immer breiter wird, und man hat fast den Eindruck, er höre nie auf. Es fühlt sich an, als wäre man von einem Geheimnis umgeben und würde sich etwas Gefährlichem, Verbotenem nähern. Dann macht der Fluss eine Biegung – sie heißt Giant Elbow, Riesen-Ellbogen, und genau in der Mitte, also sozusagen in der Ellbeuge, steht ein Kreis aus grünen Bäumen. Sogar im Winter, wenn Nettlebog nur noch abweisend und windgepeitscht aussieht und schlimmer als jeder andere Ort auf der ganzen Welt, bleibt diese Ansammlung von Bäumen grün und dunkel und dicht und groß.

Immer, wenn man da unten ist, packt einen dieses irrsinnige Gefühl von Freiheit, so dass man am liebsten ganz laut schreien möchte.

★★★

Die meisten Erwachsenen legen größten Wert darauf, dass Kinder rausgehen an die frische Luft, aber Nettlebog ist für die Eltern in Ballyross absolutes Sperrgebiet. Sie finden tausend Gründe, weshalb man da nicht hingehen soll.

Sie sagen, es ist wegen der starken Strömung und weil auf beiden Flussufern keine Beleuchtung ist.

Die Eltern denken irgendwie, dass einem in Nettlebog etwas passiert. Angeblich rutscht jeder, der hingeht, sofort ins Wasser und ertrinkt.

Von Laura habe ich gehört, dass tatsächlich einmal jemand dort ertrunken ist, aber Laura übertreibt gern, deshalb kann man sich nicht unbedingt darauf verlassen, dass ihre Geschichten auch stimmen. Wenn man »ertrinken, Nettlebog« oder »Nettlebog ertrinken« oder »Tod, Nettlebog Lane« oder ähnliche Kombinationen googelt, findet man jedenfalls nichts Entsprechendes. Deshalb vermute ich, dass es sich um eines dieser Märchen handelt, die uns Angst einjagen sollen, damit wir wegbleiben.

Wenn man sich allerdings den Fluss näher anschaut und sieht, wie tief und wie dunkel das Wasser ist, wie es unaufhaltsam über das felsige Ufer fließt, wie es plötzlich anschwillt – dann scheint der Gedanke, dass man ertrinken könnte, gar nicht mehr so abwegig.

Man kann ja sogar in einer Pfütze ertrinken. Und der Nettlebog River ist viel, viel tiefer.

★★★

Als ich noch klein war, hat es mir gefallen, wenn Mum und Dad sagten: »Arminta, du darfst nicht nach Nettlebog gehen. Nie!«

Damals habe ich noch brav alles getan, was man mir sagte, und es machte mir nichts aus, wenn man mich Arminta nannte. Zu gehorchen gab mir ein Gefühl der Geborgenheit.

In letzter Zeit hat sich einiges geändert. Erstens nennen mich jetzt alle Minty. Und zweitens habe ich so ein neues Gefühl in meinem Inneren – ich finde es total nervig, wenn meine Eltern mir ständig vorschreiben, was ich tun soll. Ich verstehe ja, dass Eltern es nicht gut finden, wenn ihr Kind sich mit anderen Kindern an einem Ort trifft, wo angeblich mal jemand ertrunken ist. Das ist ihnen unheimlich. Aber ich kapiere allmählich, dass Eltern nicht alles bestimmen können. Manche Dinge muss ich selbst entscheiden.

Nettlebog hatte für mich eine unwiderstehliche Anziehungskraft. So wie Musik manchmal oder eine bestimmte Farbe. Und dann war da noch dieser einzigartige, magische Duft, eine Mischung aus Kräutern und Nüssen und Holz und Sumpf. Ich fand es wunderbar, diesen Geruch einzuatmen, es gefiel mir, wie er meinen Kopf ausfüllte und mich ruhig und selbstbewusst, aber auch irgendwie aufgeregt machte, was ja typisch ist für geheimnisvolle Orte.

Ich war als Erste in Nettlebog. Das heißt, ich dachte, ich wäre die Erste.

Wie sich herausstellte, denkt praktisch jeder, der dorthin geht, er ist der Erste. Nicht nur ich. Dougie erzählte, dass er immer gedacht hat, er ist überhaupt der einzige Mensch, der den Ort kennt.

»Ich habe das auch gedacht«, sagte Laura, als wir uns zu dritt darüber unterhielten. Wir gaben einander das Versprechen, von jetzt an nur noch gemeinsam dorthin zu gehen, wie eine Art Pakt. Ich weiß allerdings nicht, warum eigentlich.

Damals gab es noch vieles, wovon wir keine Ahnung hatten. Zum Beispiel wussten wir nicht, dass hinter den dichten Bäumen ein Wohnwagen stand. Und dass in dem Wohnwagen zwei Menschen wohnten und dass einer der beiden Ned Buckley war.

3

Wahrscheinlich hätten wir es erst viel später herausgefunden, wenn das Feuer nicht gewesen wäre – und der Schuppen. Und außerdem waren da zwei Pferde. Diese Pferde gehörten Ned. Sie waren aber weder gefährlich noch wild, wie manche Leute behaupteten. Das eine Pferd war braun und schwarz, das andere ganz hellgrau, und beide waren wunderschön. Ned baute den Schuppen für die Pferde. Tagelang hörten wir das Hämmern und Klopfen.

Die Bäume dort unten schienen dichter und buschiger als normale Bäume – als würden sie schneller wachsen. Sie umgaben den Wohnwagen wie eine Festungsmauer, direkt am Ufer.

Eines Nachts, ganz spät, als ich eigentlich längst schlafen sollte, roch ich plötzlich Rauch, und ich hörte es knacken und knistern, wie bei einem Feuer im Freien. Ich schlüpfte aus dem Bett und trat ans offene Fenster.

Ich hatte schon eine Nachricht von Dougie: NETTLEBOG BRENNT! Seine kleine Schwester war in sein Zimmer gerannt gekommen und hatte ihn aufgeweckt, um ihn zu warnen: Mitten auf dem Wasser würde ein Drache tanzen.

Ich überlegte, ob ich die Feuerwehr rufen müsste, aber obwohl das Feuer hell loderte und richtig dramatisch aussah, fanden Dougie und ich, dass es nicht den Eindruck machte, als sei es außer Kontrolle. Also unternahmen wir nichts und schauten nur aus der Ferne zu.

Als ich schließlich doch wieder ins Bett ging, sah man in der nächtlichen Dunkelheit nur noch ein blasses orangerotes Glühen.

Dougie, Laura und ich radelten am nächsten Tag nach der Schule nach Nettlebog. Da stand ein rostiger weißer Van, den ich vorher noch nie gesehen hatte, und an der mächtigen Eiche, die sich übers Wasser neigte, hatte jemand ein Seil mit einem Autoreifen befestigt.

So war das mit Nettlebog – hier war alles total anders als in unserem übrigen Leben. Ballyross Grove, wo wir wohnten, lag direkt daneben, aber da waren die Bäume nicht hoch genug, und es gab auch gar nicht genug Platz, um so eine Schaukel anzubringen.

Ballyross Grove ist eine Art Stichstraße. Die Häuser stehen dicht gedrängt in einer Kurve. Egal, wo man auf dem Gehweg steht, die Häuser gegenüber sehen alle aus wie aneinandergequetschte

Gesichter mit rechteckigen Türmündern und quadratischen Fensteraugen. Alles adrett und proper und sauber und ordentlich.

Wir waren neugierig und fanden Nettlebog wahnsinnig spannend, das Licht lockte uns, genauso wie die Geräusche, die von dort kamen – aber wir redeten nicht darüber. Und jetzt waren wir irgendwie sauer. Nettlebog hatte uns gehört, es war unser Geheimnis gewesen. Doch nun mussten wir erkennen, dass Ned da wohnte und nachts alles leuchten ließ, dass er an den Bäumen Schaukeln befestigte und sich überhaupt so benahm, als gehörte es ihm.

★★★

Dougie lehnte sich danach sehr oft aus dem Fenster und spähte in Richtung Nettlebog. Er sah Ned auf dem schwarzen Autoreifen schaukeln.

»Hin und her ist er geflogen. Über dem Wasser. Und er hat irgendwas geschrien.«

»Was hat er geschrien?«, wollte ich wissen.

»Keine Ahnung«, antwortete Dougie. »Aber es war ganz schön laut.«

Ned Buckley war also im Grunde unser Nachbar. Er wohnte mitten im Geheimnis von Nettlebog. Das bedeutete, dass wir eventuell auch Freunde werden konnten.

Der Gedanke nistete sich in meinem Kopf ein, wie ein kleiner Schatz. Ich stellte mir vor, wir würden Freundschaft schließen – eine richtige, echte, verlässliche Freundschaft mit Ned Buckley.

Brendan hingegen fand, dass Ned als Freund nicht in Frage kam. Anscheinend hatten alle irgendwie Angst vor ihm. Anscheinend taugte Ned Buckley nichts.

4

Ned war schuld, dass bei Mr Doyle ein Schrittmacher eingesetzt werden musste.

Mr Doyle saß in seinem Auto und telefonierte, als Ned auf einem seiner Pferde direkt auf ihn zugeritten kam. Ich war gerade dabei, mein Fahrrad abzuschließen, und bekam die ganze Szene mit. Mr Doyle drehte den Kopf, seine Augen wurden riesengroß, seine Augenbrauen schossen nach oben, sein Mund klappte auf.

Wahrscheinlich ist es immer ein Schock, wenn jemand in vollem Galopp auf einen zugeritten kommt, mit direktem Kurs auf das Auto – selbst wenn man nicht am Steuer sitzt. Ich sehe immer noch Mr Doyles fassungsloses Gesicht vor mir, als Ned sich ihm näherte.

»Haltet diesen Jungen auf!«, brüllte Mr Carmody, unser Schuldirektor. Er rannte los und fuchtelte mit den Armen wie eine Comicfigur, während Ned davonritt. Aber niemand schaffte es, ihn zu stoppen. Wenn er auf seinem Pferd saß, folgte er seinen eigenen Regeln. Da konnte ihn keiner bremsen.

Mr Carmody rannte zu Mr Doyle, der wie gelähmt in seinem Auto saß, die Hände ums Lenkrad gekrallt, als wären sie festgeklebt.

★★★

»Dafür muss Ned Buckley bestraft werden«, verkündete Mr Carmody grimmig, als er in unser Klassenzimmer kam.

»Viel Glück«, murmelte Brendan, dessen Vater bereits die Theorie aufgestellt hatte, dass Ned ein Kleinkrimineller sei ohne Respekt vor irgendetwas oder irgendjemandem.

★★★

Ich träumte danach ein paarmal von Ned. In meinen Träumen saß er auf seinem Pferd und galoppierte in Zeitlupe – genauso hatte ich ihn gesehen, und alle anderen hatten ihn auch so gesehen, und Neds dunkle Augen hatten mich im Vorbeireiten fixiert, während Mr Doyle erstarrt in seinem Auto saß und die anderen zuschauten, bleich und fassungslos.

★★★

Mr Carmody war dann plötzlich total darauf erpicht, uns zu versichern, dass Mr Doyle sowieso schon seit Jahren ein schwaches Herz hatte und nicht wegen Ned ins Krankenhaus eingewiesen werden musste. Es sei außerdem gefährlich, fügte er hinzu, etwas anderes zu behaupten, weil man dadurch Ned eine Macht zuschrieb, die ihm gar nicht zustand. Auch Lehrer müssen ihren guten Ruf verteidigen. Dougie vermutete, dass Mr Doyle nicht als Schwächling gelten wollte.

Und ganz davon abgesehen – die meisten Lehrer vertreten die Ansicht, dass man wilden Jungen zu Pferde keine Macht zuschreiben darf. Das spornt sie nur an.

5

Serena war von Anfang an auf Ned Buckleys Seite. Da hatte er echt Glück. Denn die übrigen Lehrer waren überhaupt nicht auf seiner Seite, auch wenn sie so taten. Es gab viele Gründe, warum Serena anders war als alle anderen.

Als wir sie einmal fragten, warum sie in Irland lebe, antwortete sie, dass sie aus Liebe hierhergekommen ist. Die Liebe sei bei den meisten Menschen der Grund, warum sie irgendwohin gehen.

Serena stammte aus einer Stadt in der Toskana, wo immerfort die Sonne scheint. Wie hielt sie es da im düsteren, verregneten Ballyross aus? Die anderen Lehrer trugen verwaschene, knubbelige Pullover, dünne graue Schals und flache Schuhe. Serena hingegen trug elegante Kaschmirkostüme von einem Schneider aus Italien. Die anderen Lehrer unterhielten sich manchmal über sie, zum Beispiel sagten sie, dass man sich mit diesen hohen Absätzen doch die Füße kaputt mache, und sie fragten sich, wie Serena es schaffte, sich morgens so toll zu frisieren. Bis auf einen silbernen Streifen in der Mitte waren ihre Haare pechschwarz.

Ihre Stimme zischte und knisterte wie ein Feuerwerk. Sie fuhr ein altes italienisches Auto, knallrot und mit einem Motor, der wie ein Föhn klang.

Ihrer Meinung nach war es nicht ihre Aufgabe als Lehrerin, sich irgendwie bei uns einzuschmeicheln, sondern uns etwas beizubringen, und das konnte kein Beliebtheitswettbewerb sein. Sie erwartete von uns, dass wir uns alle anstrengten. Jeder musste immer sein Bestes geben, da gab es keine Ausrede.

Egal, ob sie über die frühen Siedler in Irland sprach oder über die Unruhen von 1916 oder über die Amtseinführung von Mary Robinson – bei ihr war es nie langweilig.

Sie sagte, wir sollten sie mit ihrem Vornamen anreden. Und außerdem erzählte sie uns, dass sie aus einer vornehmen alten Familie stammte.

★★★

Einmal erklärte sie uns Folgendes: Wenn es darum geht, wie man von den anderen gesehen werden möchte, ist das Wichtigste die *bella figura* – was nicht unbedingt heißt, dass man besonders schön sein muss, nein, viel wichtiger ist, wie man einen Raum betritt.

Wenn Serena in unser Klassenzimmer kam, fing

alles an zu leuchten: die Spitzen unserer Bleistifte, die Schnallen an unseren Schultaschen und sogar die Spangen in Orla Mulveys Haaren, die normalerweise ein stumpfes Braun haben. Serena legte ihren Bücherstapel und die Hefte auf das Lehrerpult, nüchtern und entschlossen.

»Kinder, ihr steht hier faul in der Gegend herum«, sagte sie eines Tages, als sie uns im Korridor antraf. »Demnächst gibt's ein Blitzexamen. Ihr solltet eure Zeit besser nutzen und etwas lernen.«

Mit »Blitzexamen« meinte sie eigentlich »Kurztest«, aber Serena hatte ihre eigene Art, die Dinge zu benennen.

»Entschuldigung, Serena«, erwiderten wir wie aus einem Munde und stoben in verschiedene Richtungen davon, als hätten wir irgendwo etwas Dringendes zu erledigen.

★★★

Serena fand, wir sollten weder auf Brendan hören noch auf sonst jemanden, wenn es um unser Bild von anderen Menschen ging. Ihrer Ansicht nach sollte das jeder für sich entscheiden. Und genauso sahen wir das auch, Laura, Dougie und ich.

»Wir müssen versuchen, uns mit Ned anzufreunden«, sagte Laura.

»Wie kommst du auf die Idee, dass er überhaupt mit uns befreundet sein will?«, fragte ich. Wir saßen in der Mittagspause draußen auf einer Bank. Die Luft war weiß vor Kälte. Dougies Atem erinnerte an eine Nebelwolke, und Lauras Nase war ganz rot.

»Ich glaube, er interessiert sich ziemlich für dich«, sagte Laura mit ihrer typischen Singsang-Stimme, die sie immer einsetzt, wenn sie mich ärgern will.

»Stimmt doch gar nicht!«, protestierte ich, merkte aber, dass mein Gesicht ganz heiß wurde.

»Doch, sie hat recht, Minty«, sagte Doug. »Es scheint so, als würde er gar niemanden beachten – aber dich schaut er immer an.«

»Halt die Klappe«, fauchte ich, und um meinen Protest zu unterstreichen, schubste ich ihn, aber nur ganz sanft.

Dougie schubste zurück – so stark, dass ich von der Bank fiel.

Ich muss allerdings hinzufügen, dass er hinterher gesagt hat, es tut ihm leid. Er hat es nicht so gemeint.

★★★

Wir sagten zu Dougie, er sei genau der Richtige, um Ned zu fragen, ob er sich nach der Schule mit uns treffen will. Dougies Freundlichkeit ist legendär. Wir dachten, sie wäre der passende Köder für Ned.

Laura und ich standen bei den Schließfächern, als Dougie Ned fragte.

»Danke, aber keine Lust«, lautete Neds Antwort.

»Ist okay«, erwiderte Dougie, und Laura, die bestätigen wollte, dass Neds Zurückweisung uns nichts ausmachte, ging zu den beiden und streckte Ned die Hand hin. Aber das brachte auch nichts. Ned musterte Laura nur wortlos. Dann drehte er sich um und ging. Und ließ Laura mit ihrer ausgestreckten Hand einfach stehen.

★★★

Es war wirklich nicht leicht, mit Ned Buckley Freundschaft zu schließen. Erstens redete er so gut wie gar nicht, zweitens kam er nicht jeden Tag in die Schule, und wenn er da war, fanden die meisten es angenehmer, ihm aus dem Weg zu gehen. Die Lehrer stellten ihm keine Fragen, obwohl es ihnen null Probleme bereitete, die anderen Schüler über alles Mögliche auszufragen, von Felsformationen bis hin zu Hamlets Motiven und wo man Chlorophyll vorfindet.

★★★

Ich überlegte mir oft, wo Ned wohl war, wenn er nicht in der Schule auftauchte, wo wir anderen festsaßen und uns auf irgendwelche Blitztests vorbereiteten. Ich sah ihn vor mir, mit seinen Pferden. Garantiert waren die Pferde der Grund, weshalb er wegblieb.

Ich durfte nie irgendwas mit Pferden machen, obwohl ich sie so gernhatte, weil ... na ja ... wie kann man Pferde nicht gernhaben? Bisher hatte man mir noch nicht einmal erlaubt, ein Pferd zu tätscheln. Mum ist allergisch, sie schwillt schon an wie ein Ballon, wenn sie ein Pferd nur von weitem sieht. Deshalb war ich neidisch auf Ned. Aber nicht nur wegen der Pferde – auch sonst. Einfach weil er eine andere Art von Freiheit besaß. Er stand nicht unter diesem Druck, zu allen Leuten nett sein zu müssen und immer brav zu antworten oder zu lächeln, selbst wenn er gar keine Lust dazu hatte.

Ich hingegen musste tausend Dinge tun, die ich nicht tun wollte. Mum sagte dauernd zu mir, ich solle ein nettes Gesicht machen, und ich gab mir immer große Mühe, obwohl mir nicht danach zumute war.

Um mich herum verbrachten alle Menschen ihr Leben damit, so zu tun, als würden sie sich irgendwie fühlen, wie sie sich gar nicht fühlten.

Ned war da völlig anders. Er redete nicht viel, klar, aber man hatte immer den Eindruck, dass er offen und ehrlich war. Er schien nie so zu tun, als wäre er etwas, was er nicht war, und als würde er etwas fühlen, was er nicht fühlte. Und sowieso schien er nie etwas zu sagen, was er nicht sagen wollte. Ich wollte auch gern ein bisschen so sein, konnte mir aber nicht vorstellen, wie ich das je schaffen könnte.

★★★

Eigentlich hätte ich mich ja von Nettlebog fernhalten sollen, aber irgendwie fand ich es verlockend zu glauben, was Laura und Dougie gesagt hatten. Vielleicht schaute Ned mich ja tatsächlich immer wieder an. Vielleicht gab es für mich doch eine Möglichkeit, Kontakt zu ihm zu finden.

Ich glaube, diese Hoffnung war der Grund, weshalb ich wieder anfing, allein nach Nettlebog zu radeln. Klar, ich hatte Dougie und Laura versprochen, nie mehr ohne sie dorthin zu gehen, aber manche Dinge verstanden die beiden einfach nicht. Und obwohl ich ein schlechtes Gewissen hatte, weil ich gegen unseren Pakt verstieß, konnte ich nicht anders. Nettlebog gab mir ein Gefühl, das ich irgendwie brauchte.

Bei trockenem Wetter konnte ich dort auf dem

moosigen Boden liegen, der federte wie eine Matratze. Wenn es regnete, fand ich unter den dunklen Bäumen Schutz und wurde kein bisschen nass. In den Nächten gab es dort ein Leuchten, das mir fast unwirklich erschien, als wäre ich auf einem anderen Planeten oder in einem Traum. Wenn die Sonne schien, drangen ihre Strahlen durch die Äste und das Laub wie spitze Pfeile, fast greifbar. Und immer rauschte der dunkle Fluss. Manchmal war er so hoch, dass ich nicht wusste, wo das Wasser anfing und das Ufer endete. Dann wieder war der Wasserstand so niedrig, dass alles Mögliche sichtbar wurde: knorrige Baumwurzeln, der Lenker und die Räder eines kaputten Fahrrads, das so verdreckt und verbogen war, dass es aussah wie ein vergrabener Schatz. Ich holte glänzende bunte Steine aus dem Schlick und steckte sie in die Tasche, um sie später, wenn ich nicht mehr in Nettlebog war und eigentlich über andere Dinge nachdenken sollte, genau zu studieren.

Ich fuhr nach wie vor auch gemeinsam mit Laura und Dougie hin, aber von meinen heimlichen Besuchen erzählte ich ihnen nichts. Laura schlug vor, wir sollten immer, wenn wir nach Nettlebog gehen, Lappen mitnehmen, damit wir die verräterischen Indizien, den Matsch und den Schlamm, von unseren Fahrradreifen abwischen konnten.

Eltern drehen durch, wenn man mit einem dreckverschmierten Fahrrad nach Hause kommt. Sie sagen dann so Sachen wie: »Ihr wart wieder da unten, stimmt's?« Und schon ist man gezwungen, zu antworten: »Nein, stimmt gar nicht!«, und dabei muss man extrem empört klingen, als wäre schon dieser Verdacht eine Frechheit.

Nettlebog machte uns wachsam, und wir entdeckten alle möglichen Dinge: dass der Matsch in Nettlebog sehr feucht und blubberig sein konnte, dass es kleine Wellen gab, die aussahen wie gekräuselte Seide, und dass durch das Wasser die bunten Steine viel dunkler wurden. Überall waren spitze Felsen, auf die wir achten mussten, und weiter oben am Ufer wehte oft eine Brise durchs Gebüsch, so dass es klang, als würden sich dort scheue, ängstliche Tiere verbergen.

Außer den grünen Bäumen, die, dicht an dicht stehend, den äußeren Rand bildeten, waren alle Bäume schief und krumm, und sie streckten ihre Zweige wie Finger in den Himmel, als wollten sie ihn kratzen.

Der Fluss hatte oft eine ziemlich starke Strömung, und abends war das Wasser dunkel und undurchsichtig. Dickflüssig wie Öl. Gespenstische Formen tauchten auf und verschwanden wieder hinter Stämmen und Zweigen. Jedes Mal, wenn ich dort war, kam es mir vor, als gäbe es tausend neue Dinge, die ich noch nicht gesehen hatte.

Manchmal war der Fluss ein Spiegel, und manchmal war er ein Fenster. Es gab Momente, da war die Wasseroberfläche so glatt, als könnte man darauf gehen. Und im nächsten Moment war sie wieder gesprenkelt und uneben und sah aus wie die Haut eines riesigen Krokodils, lebendig und atmend.

Es gab so viele Aspekte, die ich nicht richtig einschätzen konnte. Und genau das galt auch für Ned, der ja zu diesem Ort gehörte – er schlief dort, und er wachte auf im Abglanz dieser leuchtenden, seltsamen, erstaunlichen Welt.

Wenn ich dort war, empfand ich immer eine merkwürdige Mischung aus Frieden und Unruhe, aus Freude und Angst.

Es war unmöglich, nicht hinzugehen.

★★★

Vor allem mein Vater war total dagegen.

Aber er ist am neunzehnten März bei uns ausgezogen, und ich finde, seit dem Tag hat er jede Berechtigung verloren, mir vorzuschreiben, was ich tun darf und was nicht und wo ich hindarf und wohin nicht.

Der neunzehnte März war der Tag nach meinem Geburtstag. Falls Dad deswegen seine Entscheidung hinausgeschoben hat – das hätte er sich genauso gut sparen können, ehrlich gesagt. Er verbrachte meinen ganzen Geburtstag damit, Zeug in irgendwelche Kisten zu packen, und achtete darauf, nur ja nicht im selben Raum zu sein wie Mum. Ich sehe es immer noch vor mir, wie die beiden irgendein Zimmer betreten und dann blitzschnell wieder rauslaufen – als würden sie ein schlechtes Theaterstück aufführen.

★★★

Nach und nach kam ich zu der Überzeugung, dass ich, wenn ich Ned ein bisschen besser kennenlernen würde, auch viele andere Dinge besser verstehen könnte. Immer wieder musste ich daran denken, wie es für mich war, wenn ich seine Stimme hörte – was ja selten genug vorkam. Er redete immer langsam und selbstbewusst, und als er in der Schule mit Brendan sprach, war sein Gesicht verschlossen und stolz. Und wie lässig er wirkte, als er damals unsere freundschaftlich ausgestreckte Hand ausschlug! Aber besonders oft dachte ich daran, wie wild und irgendwie schön er ausgesehen hatte, als er auf dem Pferd angaloppiert kam.

Ja, ich musste oft an ihn denken – an ihn und

seine beiden Pferde, besonders das Pferd, auf dem er geritten war, mit dem kastanienbraunen Fell, der schwarzen Mähne und den vier weißen Füßen.

Er ging mir ständig durch den Kopf. Der Junge, der im Wohnwagen lebte. Der Junge mit den Pferden. Der Junge, der um Mitternacht ein großes Feuer machte und auf einem Autoreifen über den Fluss schwang, vor und zurück, und dabei laute, unverständliche Schreie ausstieß. Dieser Junge, von dem alle sagten, er tauge nichts.

6

Meine Eltern hätten mir ruhig sagen können, dass etwas nicht stimmte. Ich wusste es sowieso. Es gab ja jede Menge Indizien: Schweigen beim Frühstück in der Küche, grimmige Mienen an der Haustür. Gehässiges Gezischel im Treppenhaus.

Manchmal versuchten sie, einander anzulächeln, aber ich hatte längst gelernt, zwischen einem echten Lächeln und ihrem freudlosen Grinsen zu unterscheiden. Und mit der Zeit verschwand auch dieses.

Bald war gar nichts mehr zwischen ihnen, nur noch miese Laune und Wut - in jedes Wort, in jeden Blick gepresst und kurz davor, auszubrechen. Wenn sie miteinander redeten, hatte man immer das Gefühl, als würde etwas in die Luft entweichen, ein giftiges Gas, das aus unsichtbaren Ritzen drang, farblos und nicht zu benennen - aber trotzdem tödlich.

★★★

Ehrlich gesagt - die Stimmung war schon lange schlecht. An einem Tag ging meine Mutter im hinteren Zimmer alte Ordner und Papiere durch. Dad kam herein, weil er etwas suchte. Er ließ die Tür offen. Es dauerte nicht lange, da hörte ich, wie die beiden auf diese fürchterliche, fauchende Art miteinander zu reden anfingen. Mum warf einen Riesenstapel Fotos nach Dad. Er stand reglos da, die Zähne aufeinandergepresst, während um ihn herum die Bilder auf den Boden flatterten.

Wenn sich einer der beiden in dem Moment umgedreht hätte, dann hätten sie gemerkt, dass ich sie anstarrte, was die Situation garantiert noch verschlimmert hätte – also lief ich lieber weg und verkroch mich unter meiner Bettdecke. Mein Atem ging ganz schnell, als hätte ich etwas Schlimmes angestellt.

Als Dad mir gute Nacht sagte, sah er aus, als wäre er gerade ganz schnell gerannt. Ein Schweißtropfen lief ihm seitlich übers Gesicht.

»Was ist los?«, fragte ich.

»Hör zu, mein Schatz«, seufzte er. »Es gibt ein Problem. Es ist etwas zwischen deiner Mutter und mir, deshalb kann ich nicht – ich kann nicht –«

Er war traurig und geknickt, und ich sah, wie sein Kinn zitterte. Also tat ich, was ich immer mache, wenn die Atmosphäre zwischen mir und meinem Dad irgendwie gestört ist: Ich versuche, die Lage zu entspannen.

»Mann, Dad, also echt. Schalt mal 'nen Gang runter.«

Es klingt vielleicht albern, so was zu sagen, aber »Schalt mal 'nen Gang runter« ist ein Ausdruck, den Dad und ich gern verwenden. Aus irgendeinem Grund hat er das oft zu mir gesagt, als ich noch klein war, und wir fanden es beide lustig. Es ist gut, wenn man so eine Redensart hat, die in einer heiklen Situation unfehlbar für Entspannung sorgt, und in dem Moment war ich superfroh, weil Dad lachen musste – genau wie sonst.

★★★

Niemand setzte sich mit mir hin, so wie die Leute in Filmen das immer tun. Niemand hat mir irgendwas erklärt oder mich darüber informiert, was zwischen Mum und Dad abgeht. Wenn ich versuchte, das Problem anzusprechen, sagten sie immer nur, es sei etwas, was nur sie betrifft, und dass sie mich auf keinen Fall mit reinziehen wollen und dass es keine Auswirkungen auf mich hat.

Aber wenn eure Familienmitglieder permanent schlechter Laune sind, monatelang – tja, tut mir leid, dass ich euch das sagen muss –, dann betrifft das natürlich auch euch – und zwar nicht zu knapp –, und irgendjemand sollte die Güte haben und euch ins Bild setzen.

Im Grunde habe ich alles selbst herausgefunden. Dafür brauchte man kein Sherlock Holmes zu sein oder so was.

Es wurde so schrecklich, dass ich nur zur Tür reinkommen musste, und schon hatte ich das Gefühl, als hockte jemand auf meiner Brust und würde mir die Luft abdrücken. Ich habe immer die Fenster aufgerissen, damit ein frischer Wind alles durchpustet, als würden dadurch die bleierne Schwere, die Bitterkeit, das Schweigen und die Schuldgefühle weggeblasen.

Und dann kamen immer meine Mutter und mein Vater angelaufen, schlossen die Fenster wieder und schimpften, ich könne doch nicht die Welt da draußen heizen und ob ich denke, sie hätten einen Gelddrucker.

★★★

Und eines Tages klingelte Mums Telefon, und sie verzog den Mund ganz komisch, so eine Mischung aus Empörung und Traurigkeit. Sie legte auf und pfefferte das Telefon in die große Schüssel auf unserem Küchentisch.

»Wer war das?«

Mum fuhr sich mit dem Handrücken über die

Augen und versuchte zu lächeln: sinnlos, zittrig, ohne Freude.

»Ach, Minty, es ist nichts. Gar nichts, mein Schatz. Mach dir keine Gedanken.«

Schon verstanden. Ich merke gleich, wenn jemand nicht reden will, und bin dann nicht besonders hartnäckig. Ich hakte also nicht nach oder so, ich sagte nur okay und fragte sie, ob sie eine Tasse Tee möchte. Und Mum antwortete: »Ja, sehr gern.«

»Weißt du was, Minty?«, sagte sie dann. »Endlich scheint mal wieder die Sonne, die Osterglocken kommen schon rausgespitzelt, und der ganze Garten sieht aus, als würde er aus dem Winterschlaf aufwachen. Komm, wir gehen raus und genießen den ersten Frühling.«

★★★

Am nächsten Tag war Dad morgens zu spät dran für die Arbeit und ließ in der Hektik sein Handy auf dem Küchentisch liegen. Es klingelte dreimal.

LINDY erschien auf dem Display, dazu ein Foto von einer strahlenden Blondine mit einem riesigen Blumenstrauß.

Eigentlich gehöre ich zu den Menschen, die sich nicht in die Angelegenheiten anderer einmischen, aber ein Telefon immer weiter klingeln zu lassen fällt mir verblüffend schwer, vor allem, wenn es direkt vor meiner Nase liegt. Beim vierten Klingeln gab ich nach.

»Hallo, Sie sprechen mit der Tochter von Richard Malone, was kann ich für Sie tun?«, sagte ich in diesem übertrieben offiziellen Tonfall, den ich manchmal draufhabe.

Genau in dem Augenblick kam Dad wieder zur Tür hereingestürmt.

»Himmelherrgott, Minty!«, schrie er. »Was soll das? Gib sofort mein Handy her!«

Er führte sich auf, als hätte ich ihm nachspioniert und sein Handy geklaut oder irgendwas – dabei hatte er es rumliegen lassen, weil er so schusselig war.

»Ich brauche es!« Er riss mir das Telefon regelrecht aus der Hand, steckte es in die Manteltasche und rauschte wieder davon. Und vielleicht hatte die Person, die angerufen hatte, am anderen Ende die blöde Szene mitgehört.

Ich wollte hinter ihm herlaufen und ihn anschreien. Ich wollte ihm sagen, dass er nur ein unfreundlicher, miesgelaunter alter Mann ist. Aber dann schickte ich ihm lieber eine SMS, weil erwachsene Menschen das so machen, wenn sie wegen irgendwas sauer sind.

Es ist doch nicht meine Schuld, wenn du dein bekopptes Telefon vergisst. Ich wollte nur helfen.

Entschuldigung, Schatz. Bin ein bisschen unter Stress. Dauernd in Hetze. Liebe Grüße, Sad

Sad – traurig? Hatte er eigentlich vorgehabt, »Dad« zu schreiben, oder wollte er mir etwas über seine innere Verfassung mitteilen? Egal, was der Grund war – ich freute mich, dass er immerhin so viel Anstand besaß, sich bei mir zu entschuldigen.

★★★

Als ich noch ganz klein war, haben meine Eltern Leuchtsterne an meine Zimmerdecke geklebt. Früher fand ich es richtig tröstlich, sie anzuschauen. Ich habe sie voller Bewunderung betrachtet. Aber in letzter Zeit erinnerten sie mich eher an Dinge, über die ich eigentlich nicht nachdenken wollte, wenn ich nachts wach lag und an die Decke blickte. Als Mum und Dad die Sticker da oben angebracht haben, waren sie noch glücklich, und eines Tages, ich weiß nicht genau, wann, hat das aufgehört. Und inzwischen tröstete mich das künstliche Licht der Sterne nicht mehr, jedenfalls nicht mehr so wie früher.

★★★

Dads Entschuldigungslaune hielt nicht besonders lange an. Er war dabei, Zwiebeln fürs Abendessen zu schneiden, während ich den Tisch deckte. Da fragte ich ihn: »Wer ist Lindy?«

Ich fand die Frage absolut nicht unangebracht. Dads Hand mit dem Messer rutschte, und er schnitt sich ziemlich schlimm in den Finger.

Ich musste an etwa fünfzig verschiedenen Stellen nach einem Pflaster suchen. Dad stand mitten in der Küche, das Blut tropfte auf die Fliesen. Seiner Ansicht nach war das alles meine Schuld, weil ich ihn angeblich abgelenkt hatte.

★★★

Geheimnisse können in einer Familie den Effekt haben, dass du das Gefühl bekommst, jemand tobt in deinem Kopf herum und wirft lauter schwere Gegenstände durch die Gegend.

Gut, dass endlich Samstag war. Dad ging schon früh aus dem Haus, um mit seinem Boss Tennis zu spielen, und Mum hatte ihren Pilates-Kurs. Allerdings konnte ich die Ruhe und den Frieden nicht besonders lange genießen, denn kaum war Ruhe eingekehrt, da klingelte es an der Haustür.

Es war Lindy. In Lebensgröße. Ich brauchte zwei Sekunden, bis mir klarwurde, woher ich ihr Gesicht kannte – ja genau, es hatte mich von Dads Handy angeglotzt, während daneben LINDY blinkte.

Ich teilte ihr mit, dass mein Vater nicht da sei, und sie antwortete, das wisse sie. Sie wollte auch gar nicht zu Dad, sie wollte mit meiner Mutter reden.

»Tut mir leid«, erwiderte ich. »Das geht nicht. Meine Mum ist nämlich auch nicht da. Sie müssen sich mit mir zufriedengeben.«

Sie überlegte kurz, dann sagte sie:

»Hör zu – ich weiß, die Situation ist schwierig und überhaupt, aber dein Vater verdient es, glücklich zu sein.«

Jeder Mensch verdient es, glücklich zu sein, nicht nur mein Dad, hätte ich darauf entgegnen sollen – aber das ist mir erst viel später eingefallen, nachdem Lindy längst weg war.

»Okay – dann richte doch bitte deiner Mutter aus, dass ich hier war und dass ich gern mit ihr reden würde.«

»Sie können alles, was Sie ihr sagen wollen, auch mir sagen. Ich bin absolut fähig, eine Nachricht weiterzugeben.«

Sie sagte, nein, das möchte sie lieber nicht, aber trotzdem vielen Dank.

»Okay, kann ich dann meiner Mum wenigstens sagen, worum es geht?«

»Das weiß sie wahrscheinlich schon«, antwortete Lindy, wirbelte herum und tänzelte davon, in Richtung Gartentor: flatternder weißer Rock, flache goldene Schuhe, edel gebräunte Haut.

7

Als Dad es schließlich schaffte, mir zu eröffnen, dass er ausziehe, überraschte mich das nicht mehr besonders.

Er informierte mich am Tag vor meinem Geburtstag, und am Tag nach meinem Geburtstag ging er. Ich brauche also gar nicht zu erwähnen, dass an diesen drei Tagen bei uns nicht pausenlos gelacht wurde.

Im Anschluss daran betonte meine Mum ständig, wie wichtig es ist, immer fröhlich zu sein.

Ich schloss meine Zimmertür ab, schlich in die Ecke und kniete nieder. Dann rollte ich mich ganz klein zusammen und stimmte ein stummes Klagelied an. Die Tränen liefen mir seitlich in die Ohren. So blieb ich eine ganze Weile liegen. Schließlich stand ich auf, wischte mir das Gesicht ab und brachte meine Haare in Ordnung, streckte mich, schloss die Tür wieder auf und tat so, als hätte ich gar nicht geweint.

★★★

»Glücklich wird man nicht von allein«, verkündete Mum die ganze Zeit.

»Ach, echt?«, sagte ich.

»Natürlich. Weißt du, Glücklichsein ist etwas, wofür man sich bewusst entscheidet. Schau mich an, Minty. Ich könnte jetzt in Trauer versinken und total deprimiert sein, weil … na ja, du weißt schon, in letzter Zeit ist ziemlich viel passiert. Aber ich lasse mich nicht unterkriegen, ich weigere mich. Und weißt du, warum? Weil ich mich dafür entschieden habe, glücklich zu sein.«

Ich wollte nicht mit ihr streiten. Obwohl selbst ein Blinder sehen konnte, dass sie sich hoffnungslos in die Tasche log.

★★★

»Uns geht es bestens!«, versicherte sie allen Leuten, die auch nur andeutungsweise den Eindruck erweckten, als könnten sie sich nach unserem Befinden erkundigen. Für sie war die ganze Angelegenheit nur ein leuchtendes Beispiel dafür, wie erwachsene Menschen ein vernünftiges Leben führen. Im Interesse aller Beteiligten hatten sie und Dad sich angeblich entschieden, freundschaftlich miteinander umzugehen.

Freundschaftlich? Wie bitte? Meine Eltern gingen seit einer Ewigkeit nicht mehr freundschaftlich miteinander um.

»Wir müssen nicht sämtliche Einzelheiten auftischen, wenn jemand fragt«, sagte sie zu mir und ergänzte: »Es hat keinen Sinn, immer nur auf die Vergangenheit zu starren. Wir sind da, wo wir sind.« Das wurde ihr Wahlspruch der Saison.

Sie merkte gar nicht, wie absurd sie klang mit ihrer gespielten Munterkeit. Es passte einfach nicht, dass sie so tat, als wäre alles in Ordnung und als hätte sie zu allem und jedem eine positive Einstellung. Ihre Stimme veränderte sich, und ihr Lächeln verzerrte sich zu einem bizarren Grinsen, das mich mit der Zeit total verrückt machte.

»Ich werde dafür sorgen, dass wir beide, du und ich, das beste Jahr aller Zeiten erleben«, versprach sie, als wäre ich ein kleines Kind und als wüsste ich nicht, wie nervös und gereizt sie war.

★★★

Und dann wurde meine Mum plötzlich von einer grauenvollen Energie gepackt. An einem einzigen Tag räumte sie sämtliche Regale im Keller aus, schrubbte den Küchenfußboden, brachte das Badezimmer auf Hochglanz, strich die Haustür und kletterte auf die Leiter, um die Vorhänge im Wohnzimmer abzunehmen, weil sie ihr zu schmutzig waren. Nachdem die Vorhänge gewaschen und trocken waren, wurden sie gebügelt und wieder aufgehängt.

»Ehrlich, Mum, das kann nicht so weitergehen«, sagte ich.

»Wie meinst du das?« Sie klang ganz verdutzt.

»Diese schwachsinnige Putzerei«, erklärte ich. »Diese gespielte Fröhlichkeit.«

»Sei nicht albern«, sagte Mum. »Das ist doch einfach eine positive Haltung, und die brauchen wir beide, mein Schatz. Ein gründlicher Hausputz. Ein Neuanfang. Genau das Richtige, um den Kopf freizukriegen und den Weg für ein neues Kapitel in unserem Leben zu ebnen.«

»Ich will gar kein neues Kapitel. Ich will das alte Kapitel wiederhaben! Das, in dem wir drei noch zusammen waren. Bevor Dad eine Frau namens Lindy in seinem Handy hatte.«

»Lindy?«, sagte meine Mum, stellte wie in Zeitlupe das Bügeleisen weg und ließ sich erschöpft in einen Sessel sinken. »Du weißt Bescheid über Lindy?«

»Ja, klar. Ich weiß Bescheid. Sie ist mal hier aufgetaucht. Ich habe mich mit ihr unterhalten.«

»Sie war hier? In unserem Haus?«

»Ja.«

»Wann?«

»Vor einem Monat, ungefähr.«

»Vor einem Monat? Und du hast mir nichts davon erzählt?«

»Ich erzähle es dir jetzt.«

»Wie sieht sie aus?«

»Vor allem jung.«

Noch während ich das sagte, wusste ich: Ich hatte genau das Falsche gesagt.

★★★

Als Nächstes stand vor unserem Haus ein riesiger grüner Müllcontainer, mit mindestens hundertfünfzig Sachen drin, die alle Dad gehörten. Von meinem Fenster aus konnte ich die Spannreifen seines Schlagzeugs in der Sonne funkeln sehen, neben einer kaputten Harke. Ein Poster von Dad mit den Mitgliedern seiner alten Band lag zwischen allen möglichen Hemden und einer Versammlung bunter Krawatten.

Dad rief an und sagte, er wolle vorbeikommen, um noch ein paar von seinen Sachen zu holen.

»Ich muss dich warnen, Dad. Mum machte gerade Frühjahrsputz, und draußen steht ein Müllcontainer.«

Als er kam, hämmerte er an die Haustür und

schrie Mum an, und Mum sagte: »Wage es ja nicht, einen Fuß in dieses Haus zu setzen, sonst ...« Und Dad sagte: »Was ... was soll das?« Und sie sagte: »Willst du mir drohen?« Und er sagte: »Du drohst doch mir.«

Ich glaube, das Gezeter ging danach noch eine ganze Weile weiter, aber ich stieg an diesem Punkt aus und lief zum Tunnel von Nettlebog. Ich rannte die ganze Strecke richtig schnell, bis ich das Gefühl hatte, weit weg zu sein – das heißt, bis ich dicht am Fluss den Nettlebog-Geruch einatmen konnte und mich das Nettlebog-Gefühl überkam.

Ich saß so dicht am Wasser, dass meine Füße nass wurden. Erschöpft legte ich den Kopf auf die Knie und begann, laut und hemmungslos zu schluchzen. Es fühlte sich schrecklich an, aber andererseits war es ein ganzes Stück besser als die unterdrückten Tränen hinter meiner Zimmertür.

Da hörte ich etwas rascheln – irgendjemand näherte sich.

»Oh, hallo, Schätzchen. Hallo. Ich hoffe, es macht dir nichts aus, wenn ich dich frage – was ist los?«

★★★

Wahrscheinlich hätte ich mir schnell das Gesicht abwischen und irgendeine Ausrede murmeln sollen. Aber es hatte mich schon so lange niemand mehr gefragt, was mit mir los ist. Es kam mir vor wie eine halbe Ewigkeit, seit mich überhaupt jemand richtig wahrgenommen hatte.

Das Gesicht der Frau war sanft und freundlich. Sie trug einen lila Samtrock, der aussah wie ein Vorhang und bis zu den Füßen reichte, darüber eine blassgrüne Schürze. Ihre Haare waren schneeweiß. Eigentlich gab es keinen Grund, weshalb sie mich fragen sollte, was los sei, aber sie hatte es trotzdem getan, und sie hatte eine tiefe Stimme, die so ehrlich und liebevoll klang, dass ich gar nicht anders konnte, als zu antworten.

»Alles ist eine einzige Lüge«, sagte ich.

»Ach, tatsächlich?«, erwiderte sie. »Und wieso denkst du das?«

»Vor unserem Haus steht ein Container, und früher habe ich gedacht, die Sachen, die jetzt in dem Container gelandet sind, haben für meine Eltern eine Bedeutung, aber sie schreien sich nur noch an, direkt vor der Haustür. Das Schlagzeug meines Vaters, seine Krawatten, die Hochzeitsfotos und die Bücher, die sie sich gegenseitig geschenkt haben – die ganzen Sachen erzählen jetzt eine völlig andere Geschichte, eine richtig beschissene Geschichte. Nichts als Lügen. Es ist ein Container voller Lügen. Und meine Mum tut die ganze Zeit so, als wäre alles in bester Ordnung – als wären wir total glücklich und als gäbe es keinen Grund, traurig zu sein.«

Ich holte kurz Luft, dann fuhr ich fort: »Und ich kapiere langsam, dass die Menschheit nur aus Millionen von Lügnern besteht – die Leute tun nichts anderes, als sich selbst und die anderen zu belügen, pausenlos, und ich habe die Nase voll davon, es macht mich so … so wütend! Aber ich kann nichts tun, weil ich festsitze. Ich stecke in einer Falle voller Lügen.«

Die Frau reagierte ganz nüchtern, gar nicht übertrieben, wie es wahrscheinlich die meisten Leute tun würden, wenn jemand so schimpft und rumheult wie ich. Ihr Gesicht war schon alt, aber ihre Augen waren jung und blitzten hell. Ich hörte nicht auf zu weinen, und sie blieb ruhig und gelassen.

»Ach ja«, seufzte sie. »Armes Mädchen.«

»Tut mir leid«, schniefte ich.

»Was tut dir leid? Ich würde sagen, du machst genau das Richtige, und du machst es genau am richtigen Ort, fern von dem ganzen Trubel und fern von dem Ärger, vor dem du weggelaufen bist. Es ist klug von dir, das alles mal wegzuschieben. Stimmt's?«

Es ist eher ungewöhnlich, so viel zu einer Person

zu sagen, die man gerade erst kennengelernt hat. Die alte Frau fügte noch hinzu, ich könne gern in ihren Wohnwagen mitkommen. Erst da kam mir der Gedanke, dass sie etwas mit Ned zu tun haben könnte, aber ich war zu schüchtern, um direkt zu fragen. Höflich lehnte ich ihr Angebot ab. Ich hätte sie schon lange genug gestört, murmelte ich. Sie schüttelte lächelnd den Kopf und sagte, ich hätte sie überhaupt nicht gestört, im Gegenteil.

Sie musterte mich eine ganze Weile und sagte dann vorsichtig, sie würde mir gern einen Rat geben, allerdings wisse sie nicht, ob ich etwas damit anfangen könne.

Und sie begann: »Allgemein gilt die Theorie, dass Lügen etwas Schlechtes sind. Aber das gilt nicht für alle Lügen. Manchmal brauchen wir sie.«

Ich verstand nicht, was sie meinte, also fügte sie noch hinzu: »Ach, weißt du, das ist das Wunderbare am Leben – du musst nicht immer alles sofort begreifen. Du wirst es verstehen, wenn die Zeit gekommen ist. Wenn du so weit bist. Das Leben ist lang. Du musst dich nicht hetzen, um alles gleichzeitig in den Griff zu bekommen.«

Dann sagte sie, dass ich vielleicht ihren Enkel kenne. Ned Buckley.

Ich hätte es wissen müssen! Ein Teil von mir hatte es schon irgendwie vermutet, deshalb war ich nicht total überrascht, aber trotzdem, es war eine gigantische Neuigkeit: Diese Frau, die mich hier gefunden hatte, war ausgerechnet mit Ned Buckley verwandt!

»Sie sind Neds Großmutter?«

»Ja, so ist es, mein Kind.«

»Wow! Ich meine – du liebe Güte! Ich meine – cool.«

Da merkte ich auf einmal, wie ich, aus mir unerfindlichen Gründen, feuerrot anlief. Ich hoffte inständig, dass sie es nicht merkte.

»Ich bin bei ihm in der Klasse«, sagte ich.

»Na, so was!« Sie lachte leise. »Die Welt ist klein.«

Ich bat sie, Ned nicht zu erzählen, dass sie mich hier gesehen hatte, und erst recht nicht, dass ich so mies drauf war. Sie antwortete, sie wäre sowieso nicht auf die Idee gekommen, ihm irgendetwas zu sagen.

»Ich nehme an, er redet nicht viel in der Schule«, sagte sie, und ich nickte. Dann sagte ich noch, dass es ihm sicher leichter gefallen wäre, sich zu integrieren, wenn sein Freund Martin Cassidy nicht weggegangen wäre.

»Martin Cassidy?«, wiederholte Neds Großmutter. »Sein Freund?«

Sie lachte, und als ich wissen wollte, was daran so lustig sei, erklärte sie, man könne viel über die beiden sagen, aber Freunde seien sie auf keinen Fall.

Ich erwiderte so etwas wie: »Ehrlich? Für mich hat es aber ganz danach ausgesehen«, und sie meinte, vielleicht hätte ich ja nicht genau genug hingeschaut. Ihrer Ansicht nach war es nicht verwunderlich, dass Martin weggegangen war. Ich wollte wissen, warum, und sie sagte, manche Dinge im Leben seien eben schwierig, und am allerschwierigsten sei es, Jungen wie Martin und Ned dazu zu bringen, in die Schule zu gehen.

»Ich nehme an, du siehst Ned nicht jeden Tag, stimmt's? Er hat sicher oft Mühe, im Unterricht mitzukommen.«

Ihre Augen funkelten, und ich wusste nicht, was ich sagen sollte, also sagte ich gar nichts. Ich hatte Angst, ich könnte Ned in Schwierigkeiten bringen. Aber seine Großmutter sagte, ich solle mir keine Gedanken machen. »Ich kenne Ned in- und auswendig, und ich habe kein Problem damit, wie er sich verhält und wo er hingeht. Mein geliebter Ned muss mit vielem fertigwerden, er muss viele Flüsse überqueren.«

Genauso drückte sie sich aus, und mir gefiel vor allem die Formulierung »mein geliebter Ned« – es war schön, sich vorzustellen, dass Ned von einer so weisen Frau geliebt wurde.

»Ich zwinge ihn nicht, in die Schule zu gehen, aber ich glaube, auf lange Sicht tut die Schule ihm gut. Ich selbst habe überhaupt keine richtige Schulbildung, und das bedaure ich bis heute, obwohl ich schon so alt bin. Aber er muss es freiwillig tun. Wenn man jemanden zu etwas zwingt, erreicht man genau das Gegenteil.« Sie schwieg einen Moment. »Und zurzeit ist er sehr beschäftigt, weil er trainiert.«

»Er trainiert? Wofür?«

»Für das Ballyross-Rennen.«

Sie wunderte sich, dass ich noch nie davon gehört hatte. Es sei ein ganz berühmtes Rennen, sagte sie. Und einer der Gründe, warum sie und Ned hierher zurückgekommen waren. Hier war ihr Sohn aufgewachsen, und er hatte vor langer Zeit an dem Rennen teilgenommen. Nun war Ned an der Reihe.

Das Ballyross-Rennen findet jedes Jahr auf einem großen, freien Gelände statt, neben der alten Fabrik am anderen Flussufer. Geritten wird ohne Sattel. Man muss wirklich extrem gut sein und sehr geschickt. Das Rennen war der Hauptgrund, weshalb Martin und Ned keine Freunde mehr waren, sondern Gegner. Sie würden dieses Jahr beide am Rennen teilnehmen. Ned hatte Martin noch nie geschlagen. »Das macht ihn ganz verrückt.«

Ich stellte mir vor, wie Ned im Galopp ritt, wie er sprang und tänzelte. Dass diese Großmutter so wunderbare Dinge über ihren Enkel sagte, wunderte mich nicht.

»Unter uns gesagt – Ned bereitet sich mit phänomenalem Ehrgeiz auf das Rennen vor, und er hat eine echte Chance. Aber erzähle bitte niemandem davon. Er ist der große Unbekannte.«

»Was heißt das?«

»Er hält sich im Hintergrund und gibt nichts preis, aber er arbeitet darauf hin, zur gegebenen Zeit die Welt in Erstaunen zu versetzen.«

»Ah, verstehe«, sagte ich.

★★★

Wir redeten noch eine ganze Weile. Ich wollte wissen, ob nur sie und Ned in Nettlebog lebten, und sie bejahte. Früher hatte sie eine regelrechte Großfamilie gehabt, aber die meisten Familienmitglieder waren tot oder fort. Zum Beispiel Neds Großtante, ihre Schwester – sie lebte zwar noch, wohnte aber in Kerry. Sie besuchte diese Schwester oft, aber es wurde immer schwieriger, Ned zum Mitkommen zu überreden, weil er unbedingt bei seinen Pferden bleiben wollte.

Ich erzählte ihr, dass ich Pferde auch sehr liebte

und dass ich mich ärgerte, dass meine Mum allergisch gegen Pferde war. Technisch gesehen ist niemand schuld an seinen Allergien, sagte Neds Großmutter, und ich stimmte ihr zu. Aber vielleicht war das hier ja meine große Chance, bei Pferden zu sein – ich könnte mich um sie kümmern und mithelfen, wenn nötig. Sie fand es sehr lieb von mir, dass ich meine Hilfe anbot, und versprach, es im Hinterkopf zu behalten. Noch mehr würde sie sich allerdings freuen, wenn ich ihr anbieten würde, mich um Ned zu kümmern, weil der es am dringendsten brauchte. Wir lachten beide.

Ich fragte sie, wo Ned jetzt sei, und sie antwortete, er sei unterwegs, um seine Technik für das Ballyross-Rennen zu perfektionieren, aber sein anderes Pferd stehe im Schuppen, und wenn ich wolle, könne ich es mir gerne anschauen. Ich war total begeistert, und sie reichte mir einen Stock, der beim Gehen auf dem unebenen Gelände wirklich sehr nützlich war. Das Pferd war eine Stute und hieß Phoebe. Sie hatte eine wunderbare Farbe, ein helles Grau, dazu ganz dunkle Augen. Sie war so schön, dass ich es nicht wagte, ihr den Kopf zu tätscheln. Ich konnte sie kaum anschauen – aus irgendeinem Grund kamen mir bei ihrem Anblick fast die Tränen.

★★★

Als ich mich schließlich von Neds Großmutter verabschiedete und mich auf den Heimweg machte, die holperige Nettlebog Lane entlang, hatte ich Mum und Dad und Lindy vollkommen vergessen, samt Container und Streitereien. Aber mir war natürlich klar, dass das alles keineswegs verschwunden war, sondern zu Hause auf mich wartete.

★★★

Mit Mum wurde es immer schlimmer. Man merkte es daran, dass sie dauernd etwas Neues anfing und sich überhaupt total unberechenbar verhielt. Wenn ich von der Schule nach Hause kam, hatte ich keine Ahnung, was sie jetzt wieder vorhatte. Manchmal schrieb sie wie besessen in ihr Notizbuch mit dem goldenen Umschlag, oder sie rannte im Garten herum und pflanzte Knoblauch, oder sie strickte irgendetwas. Sie abonnierte drei Zeitschriften, die so vielversprechende Titel hatten wie *Heilen Sie Ihr Leben!* und *Neuanfang* und *Der nächste Schritt – Ratschläge für Frauen*. Das passte überhaupt nicht zu ihr. Das Schlimmste war allerdings, dass sie plötzlich Veganerin wurde. In unseren Küchenschränken standen nur noch Dosen mit Kokosmilch, und der Kühlschrank war leer, bis auf komische Tofu-Packungen.

»Das ist ein komplett neues Lebensgefühl!«, verkündete Mum strahlend und stellte mir einen Teller mit braunem Reis und roten Bohnen hin. Ich sagte, ich hätte nicht die geringste Lust, mich vegan zu ernähren, deshalb würde ich mich von nun an selbst um mein Essen kümmern.

8

Wenn ich mich jemals trauen würde, auch nur fünf Minuten die Schule zu schwänzen, wäre sofort die Hölle los, das weiß ich genau. Tausende von Konferenzen und Herzinfarkte und Diskussionen mit ernsten Gesichtern; meine Eltern würden wahrscheinlich ihre ganzen Streitigkeiten beiseiteschieben, um gemeinsam in die Schule gehen zu können. Und dort gäbe es dann endlose Gespräche mit den Lehrern, und meine Eltern würden sich sofort auf die Seite der Lehrer schlagen, völlig unabhängig davon, ob ich gute Gründe hatte oder nicht.

Ziemlich unfair eigentlich - denn Ned konnte einfach ein paar Tage am Stück verschwinden, und die Lehrer machten null Aufstand deswegen, außer dass sie sein Fehlen irgendwo notierten und leise seufzend die Augen verdrehten.

Mom vertrat die Ansicht, dass Neds Abwesenheit ein Zeichen für viele traurige Dinge sein könnte - wahrscheinlich war sein Leben ein einziges Chaos. Aber ich wusste es besser. Er trainierte für etwas Großes, etwas Wichtiges, etwas, das mehr

Bedeutung hatte als alles, was man in der Schule von ihm verlangte.

★★★

Vielleicht lag es an dem, was seine Großmutter mir von ihm erzählt hatte – jedenfalls musste ich noch öfter an ihn denken als vorher, und ich konnte nichts dagegen tun. Irgendwie fehlte er mir. Ich vermisste seine Art, lässig ins Klassenzimmer zu schlendern. Ich vermisste seine stummen Blicke. Ich vermisste die Vorstellung, die Dougie und Laura mir in den Kopf gesetzt hatten: dass er mich anschaute, wenn ich gerade wegschaute.

»Fragt sich eigentlich jemand außer mir, wo er steckt?«, fragte ich, und Dougie antwortete, ihm sei es, ehrlich gesagt, noch gar nicht aufgefallen, dass Ned im Unterricht fehlte.

»Hallo? Wir haben unheimlich viel zu tun. Serena plant mal wieder einen ihrer berühmten Blitztests. Wir müssen uns darauf vorbereiten«, sagte er. »Wir können nicht rumsitzen und überlegen, ob gewisse Leute in der Schule sind oder nicht, dafür haben wir gar keine Zeit.«

Aber ich dachte ständig an Ned und malte mir aus, was er machte, während wir im Klassenzimmer festsaßen. Ich sah sein großes braunes Pferd mit den weißen Füßen vor mir. Und Phoebe, das kleinere, sanftgraue Pferd mit den schwarzen Augen und den langen Wimpern, Phoebe, die mir so wunderschön erschien, dass ich es nicht gewagt hatte, sie zu berühren. Ich stellte mir vor, wie Ned für das Rennen trainierte oder wie er seine prächtigen Pferde striegelte oder wie er über das Gelände galoppierte, ohne ersichtlichen Grund, einfach nur, weil er es konnte. Und ich begann, Seiten an ihm zu verstehen, die anscheinend außer mir noch niemand wahrgenommen hatte. Die verborgenen Seiten. Die Geheimnisse. Den inneren Reichtum.

★★★

Als alle schon dachten, Ned würde nie mehr in die Schule kommen, erschien er plötzlich wieder. Ohne sich auch nur ansatzweise zu entschuldigen. Ohne jede Erklärung. Er benahm sich so, als wäre er nie weg gewesen. Er hatte eine nagelneue Lederjacke an und Schuhe, die ich noch nie gesehen hatte.

Inzwischen weiß ich: Wenn jemand längere Zeit von der Schule wegbleibt und überhaupt so anders und so isoliert ist, wie Ned es damals war, dann gibt es eine entsprechende Gegenreaktion. Die anderen verhalten sich solchen Menschen gegenüber irgendwie komisch, und genau das passierte jedes Mal, wenn Ned wieder auftauchte.

Sobald er das Klassenzimmer betrat, fing Brendan an, gekünstelt zu husten, und dann lachten immer ein paar Schüler, auch Laura und Dougie und ich.

★★★

Wir wussten, dass es Ned total egal war, was die anderen taten oder sagten, was für Geräusche sie machten und ob sie lachten oder über wen sie lachten. Solche Dinge hatten für ihn keine Bedeutung.

Ich beobachtete ihn, als er sich jetzt hinsetzte und seine Knie unters Pult quetschte. Er schaute wie immer aus dem Fenster und summte leise vor sich hin, als wäre er gar nicht in der Schule.

Er zog seine Jacke aus. Sie glitt auf den Fußboden und bildete einen weichen Lederhügel hinter seinem Stuhl. Einen Moment lang schloss er die Augen.

Und wir starrten ihn unverwandt an, manche glotzten regelrecht, und Brendan gab wiehernde Geräusche von sich, als wäre er ein Pferd, aber Ned würdigte ihn keines Blickes, er lachte nicht, er schien auch nicht sauer, er zeigte einfach keine Reaktion.

★★★

Solche Szenen wiederholten sich öfter, und eines Tages kam Serena in den Flur mit den Schließfächern und sagte zu Dougie, Laura und mir, wir sollten bitte mitkommen. Wir folgten ihr brav ins Lehrerzimmer. Unterwegs schauten wir uns mit großen Augen an und fragten einander leise, was wir verbrochen haben könnten.

»Mr Carmody hat mir berichtet, dass in eurer Klasse neuerdings eine Stimmung herrscht, die wenig nett und ziemlich gehässig ist.«

Wir drei standen stumm da und hatten nur eine minimale Ahnung, wovon sie redete.

»Was ich jetzt sage, bleibt bitte unter uns – normalerweise spreche ich nicht mit Schülern über andere Schüler –, aber ich möchte, dass ihr Bescheid wisst. Es war sehr schwierig, Ned Buckley dazu zu bringen, regelmäßig in die Schule zu kommen. Ihr müsst wissen, dass es für ihn extrem wichtig ist, den Unterricht zu besuchen. Deshalb ist es unbedingt notwendig, dass niemand ihn vergrault, egal ob absichtlich oder unabsichtlich.«

Nach einer kurzen Pause fuhr sie fort: »Ich halte euch nicht für gemeine Schüler und unterstelle euch keine bösen Absichten, aber auf eins muss ich euch hinweisen, und das dürft ihr nie vergessen, deshalb will ich es ganz besonders unterstreichen – ihr müsst unter allen Umständen *simpatico* sein zu Ned Buckley.«

Doug schaute mich ratlos an. *»Simpatico?«*, wiederholte er tonlos. Ich zuckte nur die Achseln.

»Sein Leben ist nicht so leicht wie eures«, fügte Serena hinzu. »Daran müsst ihr immer denken.«

★★★

»Nicht so leicht wie unser Leben?«, empörte sich Dougie, nachdem Serena uns entlassen hatte. »Er ist fast nie in der Schule. Sein Leben ist nicht in einen Stundenplan gepresst, er kommt und geht, wie es ihm passt. Er galoppiert mit einem Pferd durch die Gegend. Und das Pferd gehört ihm auch noch.«

Ich dachte an Nettlebog Lane und an den Tunnel aus Bäumen. Und es stimmte wirklich, dass der Geist von Nettlebog Ned umgab, wo immer er war, und manchmal fühlte es sich ganz komisch an, dass dieser Ort auch zu meinem Leben gehörte, genau wie die normalen Orte. Und dass ein Typ wie Ned direkt in meiner Nachbarschaft wohnte. Dabei hätte er genauso gut auf einem anderen Stern leben können, wenn man sich überlegte, wie weit weg er mir immer erschien.

★★★

Von da an bemühten wir uns, mehr mit Ned zu reden, aber irgendwie hatte er sich in den letzten Wochen noch mehr in eine Insel verwandelt. Er saß immer in derselben Ecke beim Fenster, starrte in die Ferne und dachte an seinen tollen Plan, der uns nichts anging. Ich vermutete, dass seine Gedanken zum Teil damit zu tun hatten, dass er Strategien entwarf, wie er Martin Cassidy beim Rennen schlagen konnte.

Und nach wie vor nahm er mit niemandem Blickkontakt auf, sprach mit keinem von uns. Am Ende des Schultags schob er den Stuhl mit seinen Beinen nach hinten, das heißt, man konnte immer hören, wie der Stuhl über den Holzfußboden schrappte, bevor Ned hinausging.

★★★

»Er hat Ärger mit der Stadtverwaltung, weil er wie ein Irrer durch die Gegend reitet«, verkündete Brendan.

»Ja, und er hat keine Genehmigung«, fügte Laura hinzu.

»Was? Wer?«, fragte ich. »Von wem redet ihr?«

»Dreimal darfst du raten! Von Ned Buckley natürlich.«

»Und wer behauptet das?«

»Alle möglichen Leute«, antwortete Brendan.

»Du musst doch auch zugeben, dass er nicht normal ist«, sagte Laura. »Merkst du nicht, wie komisch er sich verhält?«

»Seine Großmutter hat keine Zähne, und sie hat schneeweiße Haare, die in alle Richtungen abstehen, wie bei einer Hexe. Und sie hat einen krummen Stock.«

»Ach, tatsächlich?« Etwas in meinem Inneren spannte sich an.

»Ja, und mit dem Stock fuchtelt sie in der Luft herum, sobald ein Fremder zu nah an das Gelände herankommt. Und du musst dir echt mal die alte Rostlaube ansehen, mit der sie durch die Gegend knattert.«

»Ich bin ihr mal begegnet«, sagte ich. »Sie hat jede Menge Zähne, und ihre Haare stehen überhaupt nicht ab wie bei einer Hexe. Und ich habe nicht gesehen, dass sie mit irgendwelchen Stöcken herumfuchtelt. Sie hat einen Stock, mit dem sie sich beim Gehen abstützt. Das Ufer ist in Nettlebog ziemlich steinig. Und sie ist ja schon alt. Und was heißt das schon, wenn ihr Auto ein bisschen zerbeult und rostig ist? Das ist doch kein Zeichen dafür, dass jemand böse ist.«

Ich überlegte kurz, dann fügte ich noch hinzu: »Sie hat außerdem eine sanfte Stimme und lächelt sehr lieb. Ihre Augen wirken ganz jung. Sie ist nett. Sie ist klug. Und sie ist total okay.«

»Kann ja alles sein«, entgegnete Brendan, »aber eins weiß ich sicher –« Seine Stimme wurde ganz hoch, weil er so stolz war auf sein Wissen. »Der einzige Grund, warum Ned überhaupt in die Schule kommt, ist, dass es so ein Urteil von einem Richter gegeben hat.«

★★★

Falls Ned je eine Chance hatte, mit jemandem Freundschaft zu schließen, dann schien diese jetzt endgültig verstrichen zu sein, wie ein Vogel, der davonfliegt und hinter einem Berg verschwindet.

Wie immer war ihm das offenbar völlig gleichgültig.

Gerüchte sind nur Wörter. Sie schweben durch die Luft, von einer Stimme zu anderen, und sie sind unsichtbar. Komisch, wenn man sich überlegt, wie viel Macht sie trotzdem haben können. Manche schneiden wie spitze Messer, andere sind eiskalte Hämmer – sie können so viel Schaden anrichten, als wären sie reale Gegenstände, die herumfliegen und dich ins Gesicht treffen, wenn du es am allerwenigsten erwartest.

9

Ich fand die Scheidungspapiere im Arbeitszimmer. Ich weiß nicht, warum es mir so viel ausmachte, als ich sie da liegen sah. Ich wusste doch längst, was mit Mum und Dad los war, aber dann las ich diese offiziellen Formulierungen und sah diese säuberlichen schwarzen Buchstaben, die das offizielle Ende ihres Zusammenlebens verkündeten. Es war ein bitterer, einsamer Augenblick, als ich mit der Wahrheit konfrontiert wurde, in gewählter Amtssprache, und unten waren Linien, auf denen Mum und Dad unterschrieben hatten. Aber egal – was ich eigentlich sagen will: Es hätte mir gutgetan, wenn jemand mit mir darüber gesprochen hätte. Ich wäre froh gewesen, wenn ich nicht zufällig auf die Unterlagen gestoßen wäre.

Wenig später rief Dad an und tat so, als würde es ihn interessieren, wie es Mum und mir ging. Aber eigentlich wollte er uns mitteilen, dass er und Lindy vorhatten zu heiraten. Er wünschte sich, dass ich hundertprozentig einbezogen wurde. Er fragte, ob ich Lust hätte, Blumen zu streuen. Ich sagte ja, obwohl Blumenmädchen doch normalerweise viel jünger sind. Aber irgendwie kapierte hier keiner, dass ich kein kleines Kind mehr war.

Ich hätte meinen Vater gern darauf aufmerksam gemacht, aber andererseits wusste ich inzwischen, wie lang die Gespräche mit Dad idealerweise sein sollten: Sechzig Sekunden. Maximum. Wenn unsere Unterhaltung etwas länger dauerte, sagte er erfahrungsgemäß ziemlich bald: »Ich muss jetzt los.« Und mir war es lieber, wenn ich diejenige war, die sich zuerst verabschiedete.

Mum sagte, wir sollten uns für ihn freuen, und lächelte ihr Lächeln.

»Bitte, Mum, tu das nicht. Hör auf, mir vorzuspielen, dass es dir gutgeht, wenn es doch hinten und vorne nicht stimmt. Es kann ja auch gar nicht sein! Ich habe doch gesehen, wie ihr beide aufeinander losgeht. Ich habe gehört, was ihr euch an den Kopf werft.«

»Ach, Minty, komm schon – wir mussten halt Dampf ablassen und verschiedene Sachen loswerden. Aber das haben wir jetzt hinter uns.«

»Mum! Bitte, versuch nicht, mich zu beruhigen. Red endlich mal Tacheles!«

»Was heißt hier Tacheles reden?«

Am liebsten hätte ich sie angeschrien. Ich wollte aufspringen, auf den Boden stampfen und brüllen: »Zum Beispiel: dass er dich einfach sitzenlässt und dass er uns im Stich gelassen hat und dass er jetzt ein neues Leben lebt, während wir hier auf den Trümmern seines alten Lebens hocken.«

Aber ich schaffte es nicht. Mum hatte ihre Methoden, mich daran zu hindern, bevor ich auch nur den Mund aufmachen konnte.

★★★

Dad rief ständig an, und immer ging es um die »zentrale Rolle« – erstens, weil er wollte, dass ich bei der Hochzeit eine zentrale Rolle spielte, und dann wollte er auf jeden Fall in meinem Leben eine zentrale Rolle spielen, als mein Vater, auch wenn er nicht mehr mit uns zusammenwohnte, und es war ihm außerdem superwichtig, dass ich Lindy näher kennenlernte, weil sie ja ab jetzt eine zentrale Rolle in meinem Leben spielen würde.

Und gleich darauf widersprach er sich selbst, was in letzter Zeit dauernd passierte: Er sagte, Lindy wolle nicht, dass nach elf Uhr bei der Hochzeit noch irgendwelche Kinder herumspringen, und zu diesen Kindern zählte sie offenbar auch mich. Ich lachte, aber Dad fand das gar nicht komisch.

»Ich soll also eine zentrale Rolle spielen, aber bitte nur bis elf Uhr – willst du das damit sagen?«, fragte ich ihn, um die Sache klarzustellen, und er sagte, ja, genau.

Geplant war, dass ich dann von Lindys Großeltern nach Hause gebracht wurde, die so uralt waren, dass ich mich schon fragte, ob sie überhaupt noch Auto fahren durften.

Dass meine Mutter nicht verstand, warum ich mich so aufregte, schockierte mich nicht besonders. Ihrer Meinung nach war elf exakt die richtige Uhrzeit, um von einer Hochzeit wegzugehen. Der beste Teil des Abends sei da doch längst vorbei, fand sie, danach gehe es nur noch bergab.

Meine Mutter log mir immer etwas vor. Das nervte mich endlos. Sie behauptete, sie sei glücklich. Sie behauptete, sie könne mit der Situation hervorragend umgehen. Sie tat so, als würde sie bei allem auf der Welt nur die positiven Seiten sehen, bei allen anderen Menschen und natürlich auch bei mir.

»Nimm doch endlich diese blöde Glücksmaske ab, Mum«, wollte ich ihr sagen. »Hör auf mit dem idiotischen Theater!«, wollte ich sie bitten. »Wieso spielst du mir vor, dass alles in bester Ordnung ist?«, wollte ich sie fragen.

Aber wie immer sagte ich kein Wort, sondern fraß meine Wut in mich hinein. Es war eine brodelnde, zornige und irgendwie irrsinnige Wut.

Von außen hätte man das nie vermutet. Von außen wirkte ich absolut normal und ruhig. Woran man wieder einmal sehen kann, dass man anderen nie etwas unterstellen sollte.

10

Danach hatte ich eine Weile folgende Theorie: Je näher Dads Hochzeit mit Lindy kam, desto wahrscheinlicher wurde es, dass Mum aufgab und in sich zusammenfiel, und vielleicht könnten wir dann endlich richtig miteinander reden. Über alles.

Ich versuchte eine neue Taktik und sprach die Dinge einfach direkt an. »Mum, du weißt doch, dass du mir ehrlich sagen kannst, wie du dich fühlst.« Aber ich war meiner Mutter nicht gewachsen. Sie war inzwischen nämlich eine Expertin darin, mich bei solchen Themen auszuschließen.

»Wie ich mich fühle? Inwiefern?«, fragte sie zurück.

»Weil dein Mann eine andere Frau heiratet. Weil ich das Blumenmädchen bin. Weil er ein neues Leben anfängt. Weil du nicht eingeladen bist zu seiner Hochzeit. Weil dir der Boden unter den Füßen weggezogen wird.«

»Ach, ich bitte dich!«, erwiderte sie und presste die Lippen aufeinander, um sich ganz auf den endlosen Regenbogenschal zu konzentrieren, den sie gerade strickte. Hoffentlich erwartete sie nicht, dass ich den Schal tragen würde! Aber andererseits – für wen sollte sie ihn sonst stricken?

»Schätzchen. Mein Leben läuft perfekt. Es läuft sogar so gut, dass ich sehr interessante Neuigkeiten für dich habe. Ich wollte es dir eigentlich erst erzählen, wenn du von Dad und Lindys Fest zurückkommst, aber vielleicht ist es ja genau das Richtige, um dich zu beruhigen ... um dir zu zeigen, dass es mir prima geht und dass ich ohne deinen Vater bestens zurechtkomme.«

★★★

Mum hatte einen Job in der Bibliothek angenommen. Jeden Mittwoch, Freitag und Samstag ging sie hin. Sie hatte ein eigenes Büro. Das heißt, man hatte einen schönen Raum hinten ausgeräumt, mit Blick auf die Ballyross-Brücke, und diesen Raum sollte sie benutzen.

»Und was machst du dort?«

»Ich arbeite für ein städtisches Alphabetisierungsprogramm. Ich helfe Kindern mit Lese- und Rechtschreibschwäche. Dafür durfte ich sogar mein eigenes Schild entwerfen. Und soll ich dir sagen, was auf dem Schild steht, Minty?« Sie machte ein Gesicht, als wollte sie mir ein riesiges, wunderbares Geheimnis anvertrauen.

»Was?«

»Der Berg des Wissens.«

Sie grinste jetzt auf eine Art, die mich ganz nervös machte, und studierte mein Gesicht, um zu sehen, ob die enorme Bedeutung dieser Aufschrift bei mir ankam.

Ich kapierte es mehr oder weniger sofort. Als ich vier war, habe ich nämlich einmal diesen Ausdruck benutzt, erzählen meine Eltern immer wieder. »Berg des Wissens« ist ja nicht gerade eine geläufige Redeweise, und irgendwie fanden sie beide es extrem niedlich, dass ich so etwas sagte.

»Ist das nicht eine Superidee? Die Bibliothekarin hat gesagt, wir müssen diesem Projekt einen speziellen Namen geben, und neulich habe ich abends im Bett darüber nachgedacht, und da ist es mir eingefallen. Es haben sich schon ziemlich viele Kinder angemeldet.«

»Der Berg des Wissens?«, wiederholte ich.

»Ja, genau - verstehst du, diese Kinder sind ja alle sehr unsicher, und wenn ich ihnen erzähle, dass meine eigene Tochter als kleines Mädchen so einen Fehler gemacht hat, dann erleichtert es ihnen den Zugang. Und jetzt spricht es sich schon herum. ›Gemeinsam können wir auf den Berg des Wissens klettern: Der Berg ist ein sicherer Ort für alle, die Probleme beim Lesen oder Schreiben haben.‹« Mum klang, als würde sie eine offizielle Rede halten oder einen Text ablesen.

»Ich helfe Kindern beim Lernen. Und weißt du was, Minty? Ich merke jetzt schon, wie mein eigenes Selbstvertrauen wächst – dadurch, dass ich aus dem Haus gehe und mein Wissen und meine Fachkompetenz an andere weitergebe. Ich kann dir gar nicht sagen, wie viel Befriedigung ich daraus ziehe und wie mutig ich dadurch werde, dass ich etwas für das Gemeinwohl tue. Ich glaube, damit beginnt etwas ganz Besonderes für mich.«

Ich weiß, ich hätte mich für sie freuen sollen, aber ich konnte es nicht. Im Gegenteil – ich ärgerte mich, und es fühlte sich an, als würde in meinem Inneren irgendetwas zerbrechen.

»Der Berg des Wissens? Warum willst du diese Geschichte Leuten erzählen, die mich gar nicht kennen, Mum?«

Mums Lächeln blieb noch eine Weile auf ihrem Gesicht, dann verschwand es. Sie schaute mich nicht mehr an, sondern starrte auf ihre Füße, während sie langsam und feierlich antwortete:

»Es ist entzückend, Arminta. Eine absolut bezaubernde Geschichte. Sie erinnert mich an glückliche Zeiten. Als du solche lustigen Dinge gesagt hast.«

»Die Geschichte ist überhaupt nicht entzückend,

sondern peinlich. Und nur zu deiner Information: Kein Mensch sagt mehr Arminta zu mir.«

»Warum reagierst du so?«

»Mich erinnert es nur daran, dass kleine Kinder dummes Zeug reden, und das ist noch lange kein Grund, in aller Öffentlichkeit darauf hinzuweisen.«

»Ach, Minty, warum bist du so unfreundlich, so verletzend? Das sieht dir gar nicht ähnlich, und es passt nicht zu dir. Ich habe erwartet, dass du dich für mich freust.«

»Tja, tut mir leid, aber ich freue mich nicht. Du erzählst mir die Sachen immer erst, wenn es zu spät ist. Du fängst einen Job an? Hast du dir überlegt, was das heißt? Das ist eine Megaverpflichtung. Und außerdem hättest du es gefälligst vorher mit mir besprechen können. Wie viele andere Dinge auch. Du hättest es mit mir besprechen müssen, wenn es dich auch nur im Geringsten interessieren würde, wie ich das finde und wie das für mich ist. Das ist schließlich eine wahnsinnige Veränderung in unserem Leben. Meinst du nicht, wir müssen uns schon mit genug Veränderungen rumschlagen? Findest du nicht, wir müssen im Moment mit genügend neuen Dingen zurechtkommen?«

»Verstehe.« Sie schien ganz gelassen, was mich

maßlos irritierte. In letzter Zeit kam das öfter vor, und ihr Gesichtsausdruck dabei machte mich ganz irre.

»Es geht gar nicht um das Schild oder die Anekdote, stimmt's? Es geht um etwas ganz anderes. Ich muss versuchen zu begreifen, warum du dich so verhältst. Das bist doch gar nicht du, Minty. Du bist nie egoistisch. Du bist eigentlich auch nie schlechter Laune.«

Aber ich war egoistisch, ich war schlechter Laune! Und wütend auf sie und auf Dad und überhaupt auf alle. Schließlich sagte Mum, dass es ihr leidtue – sie hätte das alles natürlich vorher mit mir besprechen sollen, aber andererseits habe sie das Recht, ihr eigenes Leben zu führen. Sie wollte sich nicht dafür entschuldigen, dass sie ihre eigenen Entscheidungen fälle, die ihre Zukunft betrafen.

»Okay, meinetwegen. Aber versprich mir, dass du das Schild abhängst, Mum.« Und Mum versprach es – was sehr nett von ihr war. Allerdings fand ich später heraus, dass sie ihr Versprechen nicht hielt. Also hätte sie sich gar nicht erst die Mühe machen sollen.

Das hätte die Chance sein können, endlich richtig miteinander zu reden. Oder wir hätten wenigstens aufhören können, uns zu streiten, und anfangen, einander stattdessen offen und ehrlich die Wahrheit zu sagen.

Aber in meiner Familie tun wir selten das, was wir tun müssten.

Nach diesem Gespräch hörten wir ganz und gar auf, miteinander zu sprechen.

II

Nach zwei Schweige-Tagen sprang Mum über ihren Schatten, machte mir eine Tasse heiße Schokolade und sagte: »Komm schon, Minty. Ich mag es gar nicht, wenn wir nicht miteinander reden. Das ist für mich das Allerschlimmste.«

Also sagte ich okay. Bei heißer Schokolade kann ich nicht widerstehen.

»Lass uns wieder Freunde sein«, fuhr sie fort, und auch damit war ich einverstanden, obwohl man meiner Meinung nach mit seiner Mutter nicht befreundet sein kann, vor allem nicht, wenn sie quasi die ganze Zeit Lügen erzählt – sich selbst und allen anderen auch.

★★★

Als der Hochzeitstag schließlich kam, föhnte Mum mir die Haare glatt, so wie ich sie haben wollte, steckte mir Blumenklammern in die Haare und band mir die schmale Schärpe um die Taille. Ich erkannte mich fast nicht wieder.

»Ich hoffe, du weißt, dass es sich nicht gehört, hübscher auszusehen als die Braut«, sagte sie.

Sie bat mich, ganz viele Fotos zu machen.

»Ich würde mich sehr freuen, wenn die beiden glücklich werden«, murmelte sie und schaute dabei aus dem Fenster.

Und später, als sie mir zum Abschied nachwinkte, sagte sie noch: »Ich wüsste gern, wie sie sich heute fühlt. Und ob sie weiß, was sie tut.«

Ich vermutete, dass sie Lindy meinte, aber ich fragte lieber nicht nach, weil ich nicht mit ihr darüber reden wollte, was Lindy wusste und dachte und fühlte – ich wollte lieber darüber reden, wie Mum sich fühlte und wie ich mich fühlte, aber das war offensichtlich nicht erlaubt. Außerdem befürchtete ich, Lindys Großeltern könnten jeden Moment kommen, und ich wollte nicht, dass wir über so etwas redeten, wenn sie klingelten.

★★★

Lindy trug ein schimmerndes weißes Kleid mit einem bestickten Miederoberteil. In den Haaren hatte sie frische Blütenblätter und Perlen, und die drei glamourösen Brautjungfern, die ich noch nie gesehen hatte, trugen Seidenkleider, die so hellrosa waren, dass sie fast weiß wirkten. Jez, der Gitarrist aus Dads Band, fungierte als Trauzeuge. In seinem Knopfloch steckten blaue Veilchen. Mein Kleid wirkte völlig deplatziert. Es passte überhaupt nicht dazu.

Dads Freunde standen in der Kirche rum, lockerten ihre Krawatten, und Jez' Hemd sah aus, als müsste er es dringend wieder in die Hose stopfen. Ich hatte Dads alte Kumpel noch nie im Anzug gesehen. Man hatte den Eindruck, als hätten sie sich die Anzüge geliehen, denn manche waren viel zu groß, bei Phil schlackerten die Hosenbeine oberhalb der Knöchel, und man konnte sehen, dass er zwei verschiedene Socken trug.

Auf der anderen Seite der Kirche hatten sich Lindys Freunde versammelt, die alle aussahen wie Filmstars, mit dunklen Sonnenbrillen, perfekt geschminkt und mit erstklassigen Hüten.

Als Blumenmädchen muss man seltsame Dinge tun. Erstens muss man so ein deplatziertes lila Kleid mit einer schwarzen Satinschärpe anziehen, zweitens muss man den Gästen ihre Plätze zeigen, und vor allem muss man so tun, als wäre man extrem begeistert. So begeistert wie noch nie im Leben.

★★★

Alle sagten, ich würde phantastisch aussehen. Allerdings glaubte ich keine Sekunde lang, dass sie es ernst meinten.

Jez behauptete, er hätte mich fast nicht erkannt, und laberte so was wie: Dein Dad ist bestimmt maßlos stolz auf dich, während Phil, Dads anderer Freund, wissen wollte, wie es Mum ging. Ich sagte: »Es geht ihr gut, sehr gut sogar, wie soll es ihr sonst gehen?«

Und er sagte: »Na, prima, das ist ja super – was anderes hätte ich auch gar nicht erwartet.«

Ich machte ein Foto von Lindy mit ihren leuchtend weißen Zähnen, doch das Bild löschte ich gleich wieder – Mum hatte sich zwar gewünscht, dass ich massenhaft Fotos mache, aber Lindy sah noch jünger und glücklicher und strahlender aus als sonst, und ich wollte es Mum lieber ersparen, sich so viel hinreißende Schönheit anschauen zu müssen.

Wie sich herausstellte, war es total unmöglich, von Lindy ein blödes Foto zu machen. Und ich gab mir wirklich Mühe, Mum zuliebe. Sogar auf der Tanzfläche, als alle anderen schon verschwitzt und bekloppt aussahen, strahlte Lindy immer noch völlig makellos.

Dabei ist anzumerken, dass sie auch nicht ewig jung bleiben würde – das hatte Mum zu mir gesagt, als ich losging –, vor allem, wenn man bedenkt, dass sie mit meinem Dad verheiratet sein wird.

Dad sah ebenfalls jung und glücklich aus.

Ich machte Fotos vom Essen.

»Hör endlich auf, mit deinem Handy herumzurennen – tanz lieber eine Runde mit mir«, sagte Dad mit einem so glücklichen Gesicht, dass ich mich echt freute – aber irgendwie auch Schuldgefühle hatte.

Ich und Lindy und Dad, wir tanzten im Kreis, und alle Leute klatschten begeistert, als wäre das sehr süß, aber ich kam mir nur albern vor, ehrlich gesagt, und die Schärpe um meine Taille fing an zu drücken, und ich wollte mich umziehen, weil ich mich selbst nicht mehr spürte.

Die Musik war so schwungvoll, dass alle mitsangen. Gerry und Phil und Jez spielten laut und fröhlich. Ich wollte ein Foto von den dreien machen, zusammen mit meinem Vater. Aber in letzter Sekunde rannte Lindy ins Bild und verdeckte alle, so dass nur noch ihre ausgebreiteten Arme und ihr Gesicht in Nahaufnahme zu sehen waren. Sie wollte witzig sein und meinte es sicher nett, aber sie ruinierte das Bild.

Man kann der Braut eigentlich nicht sagen, dass man sie auf ihrer eigenen Hochzeit nicht auf dem

Bild haben will. Das klänge irgendwie bescheuert und wäre auf jeden Fall ziemlich unhöflich.

★★★

Um elf schickten sie mich mit Lindys Großeltern nach Hause, wie angekündigt, aber im Gegensatz zu dem, was meine Mutter vorhergesagt hatte, kam es mir vor, als würde der beste Teil des Abends jetzt erst anfangen.

Ich trug den Haustürschlüssel an einer Kette um den Hals und zog ihn heraus, als Lindys Oma und Opa mich vor dem Haus absetzten. Sie warteten noch, bis sie sicher waren, dass ich die Tür aufgekriegt hatte.

Dann hielten sie mit einem triumphierenden Grinsen vier uralte Daumen in die Luft – anscheinend fanden sie es großartig, dass ich fähig war, unsere Haustür zu öffnen.

★★★

Mum war auf dem Sofa eingeschlafen, und der bläuliche Schein des Fernsehers flackerte über ihr Gesicht wie das Licht einer Ambulanz.

»Mum, ich bin wieder da. Ich hab ein paar Fotos gemacht«, flüsterte ich.

Aber sie hörte mich nicht.

Ich holte die Bettdecke aus ihrem Zimmer und schleifte sie nach unten, was ein bisschen so war, als würde ich ein großes, unwilliges Haustier ins Wohnzimmer zerren. Ich deckte Mum damit zu. Die Decke war übergroß. Sie hatte Mum und Dad gemeinsam gehört. Für eine Einzelperson war sie viel zu breit, weshalb sie jetzt zur Hälfte auf dem Fußboden lag. Aber ich wollte nicht, dass Mum mitten in der Nacht kalt wurde.

Ich ging ins Bett, konnte aber nicht schlafen. Verzweifelt schlang ich Arme und Beine um meine Bettdecke und verwandelte mich in einen großen, unruhigen Knoten. Eine halbe Ewigkeit lang schaute ich hinauf zum künstlichen Schein der Sterne an der Zimmerdecke und auf den feuchten Fleck da oben, der in den letzten Wochen größer geworden war und sich verändert hatte. So allmählich sah er aus wie eine gequetschte Landkarte von Russland.

Ich musste dauernd an Ned denken. Er ließ mich einfach nicht los. Ich sah ihn vor mir, wie er in die Ferne starrte und den Eindruck machte, es wäre ihm völlig egal, was die anderen dachten, fühlten oder taten. Das Bild von Ned in meinem Kopf war immer das gleiche – dass er mit niemandem redete. Und dass er nicht mit mir redete.

Ich wollte so sein wie Ned. Ich wollte hinter Neds Geheimnisse kommen. Ich wollte cool und gleichgültig sein, genau wie er.

Das Mondlicht schien in mein Fenster, als ich meine Leggings und meine Kapuzenjacke anzog und aus dem Haus ging. Auf Zehenspitzen schlich ich an meiner schlafenden Mum vorbei, zur Tür hinaus – und dann in Richtung Nettlebog.

12

Es war sagenhaft schön, mitten in der Nacht da unten zu sein. Ich sog die Gerüche ein, und der Mond kam langsam hinter seiner blau umrandeten Wolke hervor. Ein silbernes Flirren lag in der Luft. Ich warf einen Stein hoch übers Wasser. Er schlug klatschend auf, und schimmernde Kreise breiteten sich auf der Oberfläche aus. Leise schwappte das Wasser ans Ufer, und ein winziger Windhauch wehte durchs Gebüsch. Es gab nichts zu tun, also saß ich nur still da und dachte nach und versuchte, den Kopf freizubekommen.

Eine ganze Weile hing ich so herum, kickte gegen die Zweige und Steine unter meinen Füßen und horchte auf Geräusche aus dem Wohnwagen. Gab es irgendwelche Anzeichen dafür, dass noch jemand wach war? Ich konnte nichts feststellen.

Doch dann hörte ich etwas, das wie Donnergrollen klang – als würde etwas Gigantisches auf mich zurasen –, und das Grollen wurde immer lauter und erfüllte meinen ganzen Kopf. Die gewaltigen Bäume sahen aus wie finstere Löcher. Ich verkroch mich hinter einem von ihnen und zerkratzte mir dabei das Gesicht. Mein Atem ging stoßweise, meine Beine zitterten, als würde der Boden beben – was tatsächlich der Fall war, wie sich herausstellte.

Es war Ned auf seinem Pferd – und beide leuchteten im Mondlicht. Ich weiß nicht, warum, aber ich bekam richtig Angst. Angst zu bleiben und Angst zu fliehen.

Das Pferd galoppierte, und das Trappeln der Hufe hörte sich an wie ein geheimer Code, den ich nicht entschlüsseln konnte und der mir durch und durch ging. Ich rührte mich nicht, spähte aber durch die Zweige des Baumes, hinter dem ich mich versteckte, und sah ein Lächeln auf Neds Gesicht, ein Funkeln in seinen Augen.

Hatte er mich auch schon entdeckt? Jedenfalls starrte er etwa zehn Sekunden lang in meine Richtung. Sein Gesichtsausdruck hatte etwas Kühnes, Wagemutiges, aber da war noch etwas anderes: Da war Freude.

Im milden Mondlicht schien es noch klarer als zuvor, dass es tausend Dinge gab, die ich nicht über ihn wusste – er konnte an Orte gehen und Dinge tun, die ich mir nicht mal vorstellen konnte. Sein Griff war sicher, sein Rücken stark, und er besaß eine Mühelosigkeit, die es ihm ermöglichte, ganz selbstverständlich auf dem Rücken dieses

Pferdes zu bleiben, das einen wilden Tanz aufführte.

Ich hingegen kauerte in meinem Versteck und presste die Fingerknöchel in die harte Erde.

Ich habe keine Ahnung, wie lange es dauerte, bis der trappelnde Galopp verklang. Ich weiß nur, dass meine Füße fast wie betäubt waren und meine Fäuste sich anfühlten wie starre Klumpen, so kalt und klamm, dass ich sie gar nicht öffnen konnte. Die Sonne ging auf, und etwas Wunderbares war geschehen.

Nettlebog hatte sich verwandelt.

Die Büsche waren explodiert, ein Meer aus gelben Blüten, die wie Popcorn dufteten. Andere Büsche waren bedeckt mit Tausenden von hellrosa Blüten, als hätte sich jemand in der Nacht hierhergeschlichen, um alles mit leuchtenden Farben zu besprühen und überall kleine Büschel aus Zuckerwatte zu verteilen.

Nettlebog hatte sich in einen Farbenrausch verwandelt, unfassbar schön.

★★★

Mum war schließlich aufgewacht. Als sie mich nirgends finden konnte, rief sie Dad an und wollte wissen, wo ich stecke. Dad machte sie darauf aufmerksam, dass es noch sehr früh am Morgen sei und außerdem der Morgen nach seiner Hochzeit, und Mum erwiderte, das wisse sie, aber seine Tochter, ihre Tochter, ihre gemeinsame Tochter, sei noch nicht zu Hause.

Als sie endlich aufhörten, sich zu streiten, da begriffen sie, dass ich tatsächlich vermisst wurde – und drehten vollkommen durch. In gewisser Weise war es ja ganz nett, sich vorzustellen, dass sie etwas gemeinsam taten, auch wenn es bedeutete, dass sie beide von Panik geschüttelt wurden. Dad hätte fast die Polizei angerufen.

Als ich nach Hause kam, waren sie wirklich total verrückt. Ich war ein bisschen zerknirscht, aber nicht besonders.

Ich erklärte, dass ich nicht weit weg gewesen sei.

»Und was machst du hier, Dad? Überhaupt, was soll das, weshalb seid ihr so hysterisch? Lindy ist bestimmt sauer, weil du nicht da bist.«

Und er sagte: »Ja, wem sagst du das?«

»Das ist ein erstklassiger Anfang für ein gemeinsames Leben«, sagte ich, und Dad sagte: »Minty, wenn ich nicht so erleichtert wäre, würde ich dich erwürgen, ernsthaft.«

»Das ist nicht nett«, erwiderte ich. »Nicht sehr väterlich.«

»Weißt du, Minty, du musst dich daran gewöhnen. Lindy und ich sind jetzt verheiratet, und das ist vielleicht nicht ganz leicht für dich, und für deine Mum auch nicht, aber ihr müsst euch damit abfinden.«

Und ich erwiderte, dass ich nicht verstehe, warum er deshalb so einen Aufstand mache. »Nur zu deiner Information«, sagte ich, »uns geht es bestens, Mum und mir. Du bist der Einzige, der sich blöd aufführt.«

»Schalt mal 'nen Gang runter, Dad«, sagte ich zum Schluss noch. Aber er lachte nicht. Er lächelte nicht mal.

★★★

»Weißt du, Schätzchen, das war doch alles nur, weil wir uns solche Sorgen um dich gemacht haben«, erklärte Mum, nachdem Dad wieder gegangen war. Sie wollte mir begreiflich machen, warum sie und Dad sich so bescheuert benommen hatten.

»Wie war's denn?«, fragte sie dann.

»Es war toll, echt unglaublich, so was hab ich noch nie erlebt«, antwortete ich.

»Ehrlich?«

»Ach, meinst du die Hochzeit?«, sagte ich. »Sorry. Ja, war ganz okay.«

★★★

Am nächsten Montag fragte ich mich, ob ich die Szene in Nettlebog vielleicht nur geträumt hatte. Ned kam ins Klassenzimmer geschlendert. Ich schaute ihn an, aber er ignorierte mich, wie immer. So wie er alle anderen ignorierte.

»Ich habe ihn am Samstagabend gesehen«, sagte ich zu Dougie.

»Was? Wen?«, fragte Dougie.

»Ned. Ned Buckley.«

»Wo?«

»Ich war in Nettlebog.«

»Hey, das wollten wir drei doch gemeinsam machen. Ich finde es nicht gut, dass du ohne uns hingegangen bist.«

»Weißt du – es war schon sehr spät. In meinem Kopf hat irgendwie ein Feuer gebrannt, total heiß. Ich wollte allein sein.«

Dougie sagte, wenn in meinem Kopf ein Feuer gebrannt habe, dann hätte ich ihn und Laura anrufen sollen, denn schließlich seien sie meine professionellen Feuer-im-Kopf-Löscher.

»Aber es ist kein besonders großes Wunder, dass du Ned gesehen hast – schließlich wohnt er dort.«

»Ja, klar, aber er saß auf seinem Pferd.«

»Auch keine Sensation, Minty. Jeder weiß, dass er reitet. Wir haben doch alle gesehen, wie er

Mr Doyle mit einem seiner Pferde fast zu Tode erschreckt hat.«

»Natürlich, Dougie, aber ... ich meine, er ist komplett anders als alle, die ich kenne. Er ist gesprungen, mit dem Pferd, und es hat ausgesehen, als wären er und das Pferd aus Luft. Kein Mensch kann die Sachen machen, die er macht. Er ist nicht einfach nur ein Junge, der gut reiten kann. Er ist eher so was wie ... »

»So was wie was?«

»Ein Pferde-Genie.«

»Ich kapier nicht, warum du dermaßen beeindruckt von ihm bist«, mischte sich Brendan ein und kniff die Augen zusammen. »Es gibt ein Gesetz, und das besagt, dass es verboten ist, dass Kinder auf so unebenem Gelände ohne Aufsicht reiten – selbst wenn ihnen das Pferd gehört.«

Brendans Dad arbeitete bei der Stadtverwaltung. Seiner Aussage nach hatte es schon jede Menge Probleme mit klapprigen alten Ponys gegeben, die im Kreisverkehr von Ballyross auf die Straße liefen.

»Aber das war kein klappriges altes Pony. Es war sein großartiges, seidig glänzendes, fabelhaftes Pferd, dasselbe, mit dem er damals in die Schule geritten ist.«

»Na ja, egal, man braucht trotzdem eine Genehmigung, um ein Pferd besitzen zu dürfen, und man braucht Papiere, und es müssen alle möglichen Kontrollen gemacht werden. Außerdem – ich habe gedacht, am Samstag hätte dein Vater seine Hochzeit gefeiert.«

»Das stimmt auch. Ich bin erst ganz spät noch nach Nettlebog gegangen. Ich war schon zu Hause und hätte längst schlafen sollen, aber dann bin ich noch mal los.«

»Oh, was für ein ungezogenes Mädchen du bist, Minty«, verspottete mich Brendan. »Hat es Ärger gegeben?«

»Ja, hätte ich fast vergessen – alle sind durchgedreht.«

★★★

Ich bekam Ned danach ein paar Tage nicht zu Gesicht, aber gegen Ende der Woche begegnete ich ihm, als er an den Schließfächern vorbeikam.

»Ich hab dich auf deinem Pferd gesehen.«

Ein blöder Satz, um ein Gespräch anzufangen, ich weiß – aber ich hatte mir im Kopf ein paar andere Sätze zurechtgelegt, und die waren mir alle noch blöder vorgekommen.

»Ja, ich gehe nachts mit ihm raus. Er ist unheimlich gut in der Dunkelheit.«

»Ach, echt. Toll!«

Er zuckte die Achseln.

»Gehört das Pferd dir?«, fragte ich ihn.

»Was geht dich das an?«

»Gar nichts.«

»Warum willst du es dann wissen?«

»Ich wollte nicht ... es ist einfach nur, äh ... das Pferd ist so schön.«

Und dann lächelte er. Sein ganzes Gesicht veränderte sich, und er schaute mich an. Er schaute mir richtig in die Augen.

»Ja, das stimmt«, sagte er und fügte nach einer längeren Pause hinzu, ohne den Blick zu senken: »Dagger.«

Ich fragte: »Wie bitte?«

Und er antwortete: »Mein Pferd heißt Dagger.«

»Guter Name«, sagte ich.

»Das andere Pferd ist nicht ganz so schnell, aber es ist auch sehr stark. Eine Stute.«

»Ich finde sie auch extrem schön, so hellgrau und mit schwarzen Augen, total perfekt.«

»Woher weißt du, wie sie aussieht?«

»Ähm ... ich ... ich weiß nicht mehr. Irgendjemand hat es mir erzählt.«

Ich stand da und wedelte aus irgendeinem Grund mit den Armen. Dann hörte ich damit auf, weil ich plötzlich merkte, wie doof das geklungen hatte.

»Kannst du … ich meine … was denkst du … vielleicht könnte ich … »

Auf einmal hatte ich das Gefühl, ich hätte lauter Steine im Mund, die verhinderten, dass die Wörter normal über meine Lippen kamen.

Ned nickte nicht, er stellte keine Fragen und sagte auch nicht, ich solle deutlicher sprechen. Er wartete einfach ab.

Schließlich brachte ich doch einen kompletten Satz zustande. »Kann ich mal vorbeikommen und sie besuchen?«

»Wen besuchen?«

»Die Pferde.«

»Keine Ahnung. Vielleicht. Wenn du unbedingt willst«, lautete seine Antwort. Nicht besonders ermutigend.

War das vielleicht der Anfang eines noch längeren Gesprächs? Hatten wir die erste Hürde genommen? Aber wenn man mit Ned redete, hörte die Unterhaltung meistens ziemlich abrupt auf. Er drehte sich auf dem Absatz um und ging, und ich sah ihn nur noch von hinten.

»Ich verstehe ihn einfach nicht«, sagte ich laut, ohne es selbst zu merken.

Es war unmöglich, ihn zu verstehen. Okay.

Und das erschien mir noch zutreffender nach dem, was Dougie dann erzählte.

13

Dougies Eltern holten samstags immer Essen beim Chinesen. Letzten Samstag saß Dougie im Auto und wartete auf sie. Da sah er meine Mum an der Straßenecke stehen. Sie unterhielt sich mit Ned. Es war nicht so ein Minigespräch, sagte Dougie, als ich ihn bat, mir alles genau zu beschreiben. Er sagte, sie hätten sich ewig lange und lebhaft unterhalten und außerdem hätten beide auch noch ziemlich viel gelacht.

»Bist du dir sicher, dass es Ned war?«, fragte ich, und Dougie sagte, er sei sich total sicher.

»Und worüber haben sie geredet?«

»Keine Ahnung. Ich war auf der anderen Straßenseite, Minty. Und die Autofenster waren zu.«

»Aber was glaubst du?« Ich wollte unbedingt noch mehr Informationen aus ihm herausholen, weil ich völlig durcheinander war.

»Minty! Ehrlich mal, ich habe keinen Schimmer, worüber sie geredet haben. Auf jeden Fall hat Ned gelacht. Es hat fast so ausgesehen, als würde deine Mutter ihm Witze erzählen oder was. Ich fand das total merkwürdig.«

Allerdings. Keiner von uns hatte je gesehen, dass Ned lachte.

★★★

»Wie läuft alles so, Mum?«

»Bestens!«, antwortete sie fröhlich, als wir uns zum Abendessen hinsetzten. Reisnudeln, Bohnen, Kichererbsen.

»Mum, wie kommt es, dass du Ned Buckley kennst? Dougie hat gestern gesehen, wie du dich in der Main Street mit ihm unterhalten hast.«

»Von wem redest du?«

»Von Ned Buckley, diesem Jungen aus meiner Klasse, der in Nettlebog wohnt – du weißt doch, da, wo ich deiner Meinung nach nicht hinsoll. Jedenfalls sagst du das dauernd. Dougie hat gesehen, wie du mit ihm geredet hast, ewig lange. An der Ecke. Und Ned hat gelacht.«

»Wie bitte? Sehr seltsam, Minty – ich habe nicht die geringste Ahnung, wovon du sprichst.«

»Heißt das, du warst gestern gar nicht in der Main Street? Du hast mit keinem geredet?«

»Nein, Schätzchen. Dougie muss sich getäuscht haben.«

★★★

Man merkte richtig, dass Dougie sich ärgerte, mir die Geschichte erzählt zu haben. Er seufzte laut, als ich ihn noch einmal deswegen ausfragte.

»Bist du dir wirklich ganz sicher, dass es meine Mum war?«

»Minty, ich weiß doch, wie deine Mutter aussieht. Ich habe sie genau gesehen. Sie war es - eindeutig.«

★★★

Ich ließ Dougie keine Ruhe, bis er schließlich vorschlug, wir sollten zu dritt nach Nettlebog fahren und Ned fragen. So langsam wurde die Sache nämlich sehr mysteriös, und Dougie ahnte, dass ich nicht lockerlassen würde, bis das Rätsel gelöst war.

★★★

Es dämmerte schon, als wir ankamen. Die Bäume um den Wohnwagen standen stumm und schweigend da, und wir hatten ein komisches Gefühl, als wir zwischen ihnen hindurch zum Wohnwagen schlichen. Wir hatten einen Plan, den wir erstklassig fanden: Wir wollten zur Tür gehen und klopfen, aber aus irgendeinem Grund verließ uns der Mut.

»Vielleicht ist es besser, wenn wir nicht hier

rumstehen«, sagte Laura. »Könnte sein, dass der Zutritt verboten ist.«

»Sei nicht albern! Das ist öffentliches Gelände, jeder kann hierherkommen«, sagte ich.

Dougie spähte die ganze Zeit hinüber zu den Schuppen. Wir hörten leise Geräusche aus dieser Richtung und bewegten uns langsam dorthin.

Sobald ich Neds Pferde aus der Nähe sah, wurde mir bewusst, dass ich mich genau danach die ganze Zeit gesehnt hatte – deswegen war ich überhaupt hierhergekommen, jedenfalls größtenteils, die anderen Gründe waren nicht halb so wichtig. Wir tätschelten sie und blieben eine ganze Weile, und die Pferde schauten uns mit ihren warmen Augen freundlich an. Aber dann sagte Laura, sie hätte ein Geräusch gehört.

»Was war das?«, flüsterte sie und erstarrte. Dougie ebenfalls – sie wirkten beide ziemlich nervös und kribbelig, und dann murmelten sie so Sachen wie: »Ich glaube, wir sollten lieber gehen.«

In dem Moment sah ich, wie hinter den Bäumen ein Licht auftauchte, und ich sagte: »Ihr könnt gern nach Hause gehen, wenn ihr wollt, das macht mir nichts, aber ich bin hier, weil ich was rausfinden will, und ich bleibe, bis ich alles weiß.«

»Okay«, sagten die beiden gleichzeitig, packten

ihre Fahrräder und rasten davon, schneller, als ich sie je hatte fahren sehen.

★★★

Ich kroch ins Gebüsch, und da stand der Wohnwagen und leuchtete. Ich schaute zum Fenster hinein und sah, wie Neds Oma mit einem Stock im Herd herumstocherte, und dann erschien Ned, in einem Hoody. Er bückte sich, um etwas aufzuheben, dann trat er ans Feuer. Schließlich setzte er sich hin und trank aus einem großen Becher, die Ellbogen auf den Tisch aufgestützt.

Ich schnappte aufgeregt nach Luft, rührte mich aber nicht vom Fleck. Ich zitterte, doch ich konnte den Blick nicht abwenden, obwohl es mir plötzlich falsch erschien, dass ich hier stand und alles beobachtete. Das heißt, eigentlich beobachtete ich ja nichts – es gab gar nichts zu sehen, außer dass die beiden sich unterhielten, ganz normal, Gran hörte Ned zu, und er hörte ihr zu, und genau deswegen fühlte ich mich noch mehr wie ein Eindringling. Ned fuhr sich mit der Hand durch die Haare.

Kurz überlegte ich, wie ich ihm erklären könnte, warum ich hier stand und ihn und seine Großmutter ausspionierte. Ich wusste, dass mir nichts

Vernünftiges einfallen würde – ich konnte es nicht richtig begründen.

Also beschloss ich, den anderen zu folgen. Ich machte kehrt und raste los.

14

Hinter mir sauste Ned auf seinem Pferd durch Büsche und Bäume, schneller als der Blitz. So schnell hatte ich noch nie jemanden galoppieren sehen. Für den Bruchteil einer Sekunde dachte ich, er würde direkt mit mir zusammenstoßen. Alles geschah wie in Zeitlupe – das Pferd war ganz dicht vor mir. Bestimmt musste gleich jemand sterben, und dieser Jemand war ich.

»Was machst du hier?«, schrie ich.

»Was machst *du* hier?«, schrie er zurück. Er und sein Pferd tänzelten um mich herum.

»Nichts – ich meine, ich …«

»Ich warne dich! Du kannst doch nicht einfach hierherkommen und meiner Großmutter Angst einjagen und irgendwelchen Scheiß mit meinen Pferden anstellen. Wer macht denn so was – hier rumschleichen und bei anderen Leuten ins Fenster glotzen!«

Plötzlich fand ich die Situation nicht mehr nur unangenehm und peinlich. Jetzt war ich wie gelähmt vor Angst.

Ned und sein Pferd atmeten schnell und heftig,

und ich brachte es nicht fertig, Ned in die Augen zu sehen. Ich schaffte es nicht einmal, in seine Richtung zu blicken.

Matsch und Erde und kleine Grasbüschel flogen durch die Luft, als Ned mit seinem Pferd herumwirbelte. Er schrie einen lauten Befehl, den ich nicht verstand. Das Pferd setzte zum Sprung an, und wenn ich es nicht selbst gesehen hätte, würde ich es nicht glauben. Ned sprang über die hohen Büsche von Nettlebog und ritt hinunter zum Flussufer. Dann war alles still – nur die gespenstische Erinnerung an seinen lauten Schrei vibrierte noch in der Luft.

»Es tut mir leid, Ned Buckley«, sagte ich zu mir selbst.

Und ich dachte an das sanfte Lächeln, das er mir geschenkt hatte, als wir bei den Schließfächern standen, sein Gesicht hatte geleuchtet wie die Sonne, und ich fragte mich, wie dieser Junge hier der gleiche Junge sein konnte wie der, den ich gern kennenlernen wollte.

★★★

Ich musste dauernd daran denken, dass er so wahnsinnig wütend auf mich gewesen war. Ich versuchte, mir vorzustellen, was er gedacht hatte, als er mich da stehen sah. Ich hatte im Schatten gelauert, und er konnte beim besten Willen nicht mit mir gerechnet haben. Vielleicht hatte er mich zuerst gar nicht erkannt, und als er dann begriff, wer ich war, dachte er vielleicht, dass ich irgendetwas vorhatte, wogegen er sich schützen musste. Möglicherweise hatte er sogar Angst vor mir gehabt, dachte ich kurz, aber das kam mir dann doch falsch vor.

»Wir sind es doch, die vor Ned Angst haben – nicht umgekehrt«, sagte ich an einem Abend zu mir selbst und klopfte mir auf die Brust. Das Ganze war schon ein paar Tage her, aber ich konnte an nichts anderes denken. Doch sosehr ich versuchte, mich über Ned aufzuregen, mir war trotzdem klar, dass die Verantwortung für das Missverständnis hauptsächlich bei mir lag. Ich merkte auch, dass ich die Sache nicht auf sich beruhen lassen durfte.

Ich konnte nicht länger zulassen, dass Ned mich so sah, wie ich dachte, dass er mich sah. Keine Sekunde länger.

Es gab gewisse Wahrheiten, die ich herausfinden musste. Wahrheiten über Ned – und über mich selbst. Ich musste das alles verstehen. Und zwar dringend.

»Mum – ich geh ein bisschen raus«, rief ich die Treppe hoch und zog meine Jacke über.

»Gute Idee: Bewegung, frische Luft«, rief Mum als Antwort. Sie war im Bett und im Internet.

★★★

Ich radelte wieder schnell und entschlossen, ich fegte durch den Nettlebog-Tunnel, ohne den spitzen Zweigen auszuweichen, die mein Gesicht zerkratzten und gegen meine Beine peitschten. Ich bestand nur aus Willenskraft, und ich durchquerte schnell die Gruppe aus Bäumen, die wie Leibwächter um den Wohnwagen der Buckleys herumstanden. Ich wartete nicht. Ich klopfte gleich an die Tür. Drei Mal. Dabei atmete ich immer wieder ein und aus, bis Ned öffnete.

»Es tut mir leid.«

Er zog eine Augenbraue hoch.

»Du weißt schon, was - dass ich neulich spätabends hierhergekommen bin und im Dunkeln draußen rumstand. Ich wollte dich nicht ärgern, und ich wollte auch deiner Oma keine Angst einjagen. Ich weiß, ich bin in deine Privatsphäre eingedrungen. Aber das wollte ich nicht.«

»Was wolltest du dann?«, fragte er, die Arme über dem Kopf, den Türrahmen festhaltend.

»Genau deshalb bin ich hier. Ich will es dir erklären.«

»Was willst du mir erklären?«

»Warum ich da war. Ich wollte dich was fragen. Ich weiß, du hast meine Mum getroffen. Dougie hat gesehen, wie du dich mit ihr in der Main Street unterhalten hast. Wieso? Woher kennst du meine Mutter? Ich kapiere nicht, was da läuft, und ich möchte, dass du mir sagst, was los ist.«

»Was los ist?« Er atmete hörbar aus, den Blick über meine Schulter hinweg auf irgendetwas in der Ferne gerichtet. »Geht dich überhaupt nichts an.«

»Ha! Es gibt also etwas, was du mir nicht sagen willst. Das kannst du nicht leugnen. Sehr verdächtig. Du solltest mir wirklich sagen, was los ist!«

»Mach ich aber nicht.«

»Wieso nicht?«

»Erstens bin ich nicht dazu verpflichtet, irgendjemandem irgendwas zu sagen. Und zweitens, wenn ich es täte, würde es die Situation nur verschlimmern.«

»Wie das denn?«

»Wenn jeder die Wahrheit wüsste, würde alles schlimmer. Glaub mir, ich weiß, was ich sage.«

»Was soll das heißen? Du tust dir damit keinen Gefallen. Ehrlich, Ned. Also, ich verstehe, dass du sauer bist, weil ich neulich abends hier herumgeschlichen bin. Aber glaub mir – es ist mir echt wichtig. Ich habe einen zuverlässigen Augenzeugen, der gesehen hat, wie du dich mit meiner Mutter unterhalten hast. Und du und meine Mum, ihr streitet es beide ab. Ich kriege allmählich das Gefühl, jemand will mich in den Wahnsinn treiben. Deshalb flehe ich dich an – bitte, erklär mir alles! Ich kapiere es einfach nicht.«

»Warum musst du es verstehen?« Er schaute an mir vorbei, aber dann schaute er mir direkt in die Augen, auf eine Art, die mich total nervös machte.

»Okay, vielleicht geht es mich ja wirklich nichts an. Weißt du, meine Mum hat schon ewig lang nicht mehr gelächelt oder richtig gelacht, und Dougie hat gesagt, ihr hättet beide bei dem Gespräch fröhlich ausgesehen, und da dachte ich: Wie kann das sein, dass meine Mum und der stummste Junge aus meiner Klasse sich gutgelaunt unterhalten, wenn es tausend Jahre her ist, dass sie mit ihrer eigenen Tochter richtig geredet hat? Das ist doch total unlogisch. Du redest mit keinem. Meine Mutter besteht nur noch aus falschem Lächeln und tut so, als wäre alles in bester Ordnung, aber sie hat seit Monaten nicht mehr gelacht, jedenfalls nicht so, wie sie angeblich gelacht hat, als sie mit dir geredet hat. Die Sache ist die, Ned: Ich bin vollkommen durcheinander. Sie steht an einer Straßenecke, und du stehst bei ihr, und ihr benehmt euch wie die beiden gesprächigsten Menschen auf der ganzen Welt.«

Das war es, was mich am meisten irritierte, aber klar wurde mir das erst, als ich jetzt mit Ned redete. Aus irgendeinem Grund hatte er es geschafft, die besten Seiten meiner Mutter ans Tageslicht zu holen, und nun begriff ich auch, was mit mir los war: Ich war eifersüchtig. Eifersüchtig auf Ned Buckley.

»Ich möchte nur wissen, was los ist. Aber sie will mir nichts sagen, und ich nehme an, du willst mir auch nichts sagen.«

Ich war so damit beschäftigt gewesen, ihm alles zu erklären – obwohl ich es ja selbst nicht kapierte –, dass ich gar nicht merkte, wie meine Stimme immer lauter und schriller wurde. Ich zeterte regelrecht. Ned hielt seine Hand quer vor mein Gesicht und bewegte sie langsam abwärts, wie einen Aufzug – damit wollte er mir vermutlich zu verstehen geben, ich solle die Klappe halten.

»Ist schon gut, Minty, vielen Dank, beruhige dich, verdammt nochmal – dann sag ich dir's. Versprochen. Okay?«

Es war mir peinlich, dass ich so geschrien und mich so hineingesteigert hatte, aber was dann passierte, war mir noch zehnmal peinlicher.

Plötzlich sah Ned richtig traurig aus. Ohne jede Einleitung platzte er heraus:

»Ich kann nicht lesen. Und ich will nicht, dass irgendjemand das weiß.«

15

Ned hatte bei meiner Mutter Leseunterricht. Samstagmorgens. Sie musste ihm versprechen, es keinem Menschen zu verraten, vor allem, nachdem er herausgefunden hatte, dass sie meine Mum war.

Wieder einmal zeigte sich, dass Ned viele Seiten hatte, auf die ich von allein nie gekommen wäre. Vor allem wäre ich niemals auf die Idee gekommen, dass er genauso unsicher sein könnte wie alle anderen. Dass die Schule für ihn nicht eine todlangweilige Angelegenheit war, wie er immer signalisierte, sondern eine Qual. Er gestand mir, wie viel Mut es ihn kostete, jeden Tag hinzugehen, und wie schwer es ihm fiel, so zu tun, als könnte er dem Unterricht folgen.

Er hätte nie erfahren, dass man in der Bibliothek Kurse machen konnte, um lesen und schreiben zu lernen, wenn Serena nicht gewesen wäre. Serena hatte gemerkt, dass Ned gewisse Grundkenntnisse fehlten. Sie fand heraus, dass es kostenlose Hilfe gab – von den anderen Lehrern hatte keiner eine Ahnung vom »Berg des Wissens«.

»Heißt so der Kurs?«, fragte ich ihn, und er sagte

ja und erzählte, dass über der Tür ein Schild hing, auf dem diese Wörter standen, hübsch verziert.

Er schilderte, wie Serena mit ihrem roten Cinquecento nach Nettlebog rausgefahren kam. Sie schlug seiner Großmutter vor, Ned in den Kurs zu schicken – so was sei genau das Richtige. Meine Mum hatte angeboten, ihn zu unterrichten, und er war damit einverstanden gewesen, aber eben nur unter der Bedingung, dass sie ihm hoch und heilig versprach, es keinem zu sagen.

Es ist schwierig, so zu tun, als würde man jemanden nicht kennen, den man eigentlich gut kennt. Ich könnte auch sagen, man vergisst leicht, dass man sich verstellen muss, wenn man jemanden zufällig und zu einer ungewohnten Zeit auf der Straße trifft. Sowohl Mum als auch Ned hatten das an jenem Tag an der Straßenecke der Main Street einfach vergessen.

»Als ich deiner Mutter begegnet bin, kam es mir total normal vor, mit ihr zu reden. Wir verstehen uns gut. Wir haben die nächste Stunde geplant. Sie hat nichts gesagt, als du sie gefragt hast, weil sie unbedingt ihr Versprechen halten wollte.«

Ich war verblüfft und gleichzeitig irgendwie sauer.

»Normalerweise ist es ihr nicht so superwichtig, ein Versprechen zu halten«, knurrte ich.

»Ich will auf keinen Fall, dass jemand erfährt, wie dumm ich bin«, sagte er. »Das macht mir Angst.«

»Ned Buckley hat Angst? Echt?«

»Was hast du denn gedacht?«

»Ich? Wir haben alle gedacht, du kannst uns nicht leiden.«

»Und warum?«

»Weil du mit keinem befreundet sein willst – nicht mal, als wir dich gefragt haben. Und weil du Laura nicht die Hand schütteln wolltest.«

Ned hatte einen Grundsatz – er wollte niemandem, den er nicht kannte, die Hand geben.

»Das passiert immer wieder«, erklärte er. »Du schüttelst eine Hand – und nachträglich findest du raus, es war jemand, dem du gar nicht die Hand geben wolltest.«

»Und wir haben deswegen gedacht, dir ist alles egal, die ganze Schule und wir als deine Mitschüler sowieso. Kein Mensch in unserer Klasse wäre auf den Gedanken gekommen, dass du Angst hast. Alle haben Angst vor dir.«

Ned grinste. »Ich möchte gern, dass es so bleibt – wenn du nichts dagegen hast.«

Ich gab ihm das Versprechen, dass seine Geheimnisse bei mir für immer gut aufgehoben sind.

★★★

Als er mich an dem Abend neulich in der Dunkelheit gesehen hatte, dachte er, ich sei wegen der Pferde gekommen, weil ich ja etwas in der Art gesagt hatte.

Eigentlich hatte er sich gefreut, erzählte er, aber dann war ihm aufgefallen, dass ich die Augen weit aufriss und überhaupt komisch guckte. Und als ich dann einfach wegrannte, fragte er sich, was ich vorgehabt haben könnte. Ich erklärte ihm, dass ich gar nichts vorgehabt hatte. Das Ganze war ein blödes Missverständnis, und ich war froh, dass wir es endlich aus dem Weg räumen konnten.

★★★

Schließlich redeten wir darüber, was Ned zu Brendan gesagt hatte, als er das erste Mal den Mund aufmachte, und dass er überhaupt immer so verschlossen und cool war. Aber eigentlich versteckte er sich hinter einer Maske. Als Schutz, sagte er – er wollte verbergen, was er alles nicht konnte.

»Was hast du damit bezweckt, dass du mit dem Pferd in die Schule galoppiert bist und Mr Doyle so einen Wahnsinnsschrecken eingejagt hast?«

»Ich wollte ihm keinen Schrecken einjagen«, entgegnete er.

»Sondern?«

Ned sagte, die Frage könne er nicht beantworten – aber vielleicht habe es etwas damit zu tun, dass er sich so anders fühlte als die anderen.

Das war sein Gedankengang: Wenn die anderen sahen, wie er auf Dagger angeritten kam, mutig und schnell, so wie er es an dem Tag getan hatte, dann merkten sie, dass er viele Fähigkeiten besaß. Sie sahen, was für tolle Sachen er konnte, und wenn jeder das begriff, dann war es vielleicht nicht mehr so schlimm, dass er nicht lesen konnte.

»Ich glaube, ich wollte einfach allen imponieren.«

»Schlechte Strategie«, sagte ich.

Da grinste Ned, und als ich das sah, wurden meine Finger ganz taub.

»Du hast wahrscheinlich recht. Ziemlich bescheuert, wenn man es sich richtig überlegt.«

Sein Grinsen wurde immer breiter und immer schöner. Diese Zähne! Ich weiß nicht, weshalb, aber ich war ganz überrascht, dass Ned so tolle Zähne hat. Überhaupt sah er phantastisch aus, wenn er so grinste, und dann ging das Grinsen in ein offenes Lachen über – ich glaube, er lachte teilweise über sich selbst. Ich musste auch lachen – über Neds Logik, beim Gedanken an Mr Doyles schockiertes Gesicht damals und an uns, wie wir alle völlig verdattert im Schulhof rumstanden, mit Augen, die wie Taschenlampen leuchteten.

Die Tränen liefen mir übers Gesicht und tropften vom Kinn, und wir lachten so lange, bis wir nicht mehr wussten, worüber eigentlich.

Lachen fühlt sich manchmal an wie ein Riesending: gigantisch und wichtig, wie Freiheit oder Mut. Und für uns war dieses Lachen wie eine Tür zu einer neuen Welt, die ich nun betreten konnte, und es war so supereinfach, dass ich mich wunderte, warum es sich vorher so unmöglich angefühlt hatte.

In dem Moment erschien Neds Großmutter hinter ihm, und sie blickte genauso freundlich wie beim letzten Mal, als ich sie gesehen hatte.

»Das ist meine Oma«, erklärte Ned. »Gran – das ist Minty.«

Gran sagte: »Ja, klar – ich weiß schon, wer sie ist. Minty und ich sind alte Freundinnen, stimmt's, Schätzchen?« Sie fügte noch hinzu, dass sie sich sehr freue, mich wiederzusehen, und dass ich nicht hier herumschleichen müsse, weil ich jederzeit willkommen sei.

»Aber jetzt müsst ihr zwei entscheiden, ob ihr reinkommen oder draußen bleiben wollt. Die Zugluft pustet euch sonst noch weg.«

★★★

Im Wohnwagen lagen überall Patchworkdecken, säuberlich zusammengefaltet. Niedrige Lampen verbreiteten ein ungleichmäßiges Licht und warfen gezackte Schatten an die Wände. Und obwohl der Wagen klein war und man sich bücken musste, um durch die Tür zu kommen, hatte der Innenraum etwas ganz Besonderes, so dass man gut atmen und angenehme Gedanken denken konnte. Dosen und Kartons und Regale und Kommoden und Farben und Decken und eine gemütliche Beleuchtung und alles dicht beieinander und gebündelt. Man fühlte sich sicher und geborgen.

Flammen tanzten in einem schwarzen Ofen. Zwei gepolsterte Sessel standen einander gegenüber, und alles wirkte warm und zufrieden. Die Küche war nur eine Art Theke mit einem kleinen Grill. Vier knubbelige Brotlaibe lagen aufgereiht neben der Herdplatte. Bratpfannen hingen an einem Haken von der Decke, und jedes Mal, wenn Ned und seine Großmutter eine Tür öffneten oder schlossen, pendelten diese Pfannen hin und her.

Die Wände waren bedeckt mit Fotos, die nur mit Reißzwecken befestigt waren. Hunderte von Bildern: Dagger und Phoebe sowie viele Reiter und Pferde, die ich nicht kannte.

Es gab auch ein altes Foto von Ned, aber als ich es mir näher anschaute, war es gar nicht Ned.

Das gleiche Gesicht, ja, aber andere Augen. Das Gesicht eines Jungen, dreckverschmiert und grinsend, und über dem Kopf hielt er einen silbernen Pokal. Da war noch ein zweites Bild von diesem Jungen, diesmal auf einem Pferd sitzend, nach vorn gebeugt, die Arme um den Hals des Pferdes geschlungen. Er hatte wieder genau das gleiche Grinsen wie Ned auf dem Gesicht. Die Ähnlichkeit war verblüffend.

»Eine Sekunde lang habe ich gedacht, das bist du«, sagte ich. Irgendwie fand ich es unhöflich, die Fotos anzustarren, ohne etwas zu sagen.

»Das ist mein Vater«, sagte Ned. »Alle sagen, ich sehe genauso aus wie er.« Als er das sagte, hatte seine Stimme einen ganz traurigen Unterton.

★★★

Sobald Dagger Ned sah, wieherte er leise und nickte mit dem Kopf, als wäre er bereit, gleich etwas Tolles zu leisten. Phoebe war sogar noch schöner als in meiner Erinnerung. Ich tätschelte ihren Nasenrücken, und sie drückte ihr Gesicht an meines, und ich muss sie irgendwo oben am Kopf gekitzelt haben, denn kurz ging ein Zittern durch ihren ganzen Körper. Ich zuckte zusammen, und Ned lachte wieder.

»Wenn du nett zu einem Pferd bist, vergisst es dich nie wieder«, erklärte er. »Sie mag dich jetzt schon. Ich merke so was. Es ist nicht zu übersehen. Sie vertraut dir, und wenn sie mal Vertrauen gefasst hat, dann gilt das für immer. So eine Art Pferd ist sie.«

Pferde seien loyal und leidenschaftlich, fügte er noch hinzu. Und wenn die Menschen sein könnten wie die Pferde, dann wäre die Zukunft der Welt gesichert.

Ich fühlte die Wärme der Pferdekörper, ich sah das Leuchten in ihren Augen, und es war nicht schwer zu begreifen, was Ned meinte.

★★★

Gran war wie alle Großeltern, total typisch. Sie machte jedenfalls Dinge, die in meiner Vorstellung alle Großeltern tun – was ich allerdings nicht so genau weiß, denn die einzigen Großeltern, die ich habe, leben in Florida, und ich kann mich nicht mal erinnern, wie sie aussehen. Na ja, egal – jedenfalls backte sie Kuchen und belegte Sandwiches, und irgendwie machte sie sich dauernd Sorgen, wir könnten Hunger haben.

Ich fragte, ob ich schaukeln dürfe, und Ned sagte, ja, klar.

»Die Schaukel ist klasse, vor allem, wenn man bedenkt, dass sie selbstgebastelt ist.«

»Ist da oben Platz für eine zweite Person?«, fragte Ned, und ich sagte: »Es ist deine Schaukel, da solltest du es doch wissen.«

Und schon saß er neben mir. Die Biegung des Reifens drückte uns aneinander. Wir konnten es gar nicht verhindern.

Der Wohnwagen in Nettlebog ist einer dieser wunderbaren Orte auf der Welt, wo du sagen kannst, was du denkst, und wo du so sein kannst, wie du bist.

Ich fand das Gefühl toll und genoss es, einfach losreden zu können. Am allerschönsten fand ich allerdings, dass ich den echten Ned kennenlernte, den Ned, der nun doch mein Freund werden sollte.

★★★

»Ich kapier das nicht – Ned Buckley? Dieser Typ, der mit keinem redet? Der immer nur muffig und abweisend ist und sich einbildet, er wäre zu gut für uns? Der soll dein neuer bester Freund sein?«

»Hey, immer mit der Ruhe, ja? Ich gebe ihm einen Vertrauensvorschuss. Wir alle sollten das tun.«

Und nach einer Pause fragte ich Brendan: »Warum seid ihr so arrogant? Ihr seid alle richtig unfair zu ihm.«

»Ich glaube kaum, dass Ned Buckley es verdient, mit dir befreundet zu sein«, brummte Dougie.

»Na ja – ich weiß nicht, ob das dich was angeht«, erwiderte ich.

16

Nach dem Besuch gehörte es schon bald zu meinem Alltag, Ned und seine Großmutter, die ich auch Gran nannte, zu besuchen. Die beiden gewöhnten sich so daran, mich zu sehen, dass sie sich schon fragten, wo ich steckte, wenn ich an einem Tag mal nicht vorbeikam. Gran hatte vor, ihre Schwester in Kerry zu besuchen, und sie war froh, dass sie fahren konnte, ohne sich wegen Ned Sorgen machen zu müssen.

»Es beruhigt mich, dass du da bist«, sagte sie.

Ich gewöhnte mir an, immer, wenn ich vorbeischaute, meine Bücher mitzubringen. Und zu Ned sagte ich: »Wir können ja genauso gut auch gemeinsam lernen«, und er antwortete: »Okay, von mir aus«, oder vielleicht sagte er auch nur ja. Jedenfalls fingen wir an, Texte gleichzeitig zu lesen, und ich sagte manche Wörter laut, und er sagte andere Wörter laut, und gelegentlich tat ich so, als könnte ich ein Wort nicht lesen, und nach einer Weile fing er an, mich zu korrigieren. Offenbar kam er mit meiner Mum erstklassig zurecht, denn selbst ich merkte, dass er immer besser wurde.

Anschließend gingen wir dann raus zu den Pferden, und Gran achtete darauf, dass wir immer eine Flasche Tee mitnahmen, um in Schwung zu bleiben, wie sie sagte.

Ich fragte Ned, ob er und seine Gran fanden, dass Nettlebog etwas Magisches hat. Er sagte nein, konnte den Gedanken aber gut nachvollziehen. Überall, wo glückliche, gut gepflegte Pferde waren, entstand eine ganz spezielle Atmosphäre. Die Pferde waren es, die für das magische Element sorgten. So sah es Ned. Dagger war wunderschön, und Phoebe – bei Phoebe kam es mir schon bald so vor, als würde sie mir gehören. Jedenfalls hatte ich so ein Gefühl.

»Du solltest es mal mit ihr versuchen«, sagte Ned.

»Nein, auf keinen Fall. Ich habe viel zu viel Angst.«

»Wovor denn?«

»Dass sie zu schnell ist. Ich könnte stürzen.«

»Genau das ist doch der Punkt.«

Gran war der Meinung, dass man immer ein bisschen Angst haben muss, sonst lohnt es sich gar nicht, etwas zu tun, und wenn man Angst davor hat zu stürzen, dann ist das so ähnlich, wie wenn man Angst davor hat zu leben – deshalb ist es am besten, wenn man die Angst möglichst schnell loswird, und für mich könnte es eine gute Methode sein, meine Angst abzuschütteln und einfach auf Phoebe zu reiten.

»Ich bin ja sowieso hinter dir«, versprach Ned. »Dann kann dir gar nichts passieren.«

»Entspann dich«, schienen Phoebes regelmäßige Atemzüge zu sagen. »Du bist hier gut aufgehoben«, bestätigte ihr leises Wiehern. Ich flüsterte ihr etwas ins Ohr - woraufhin Phoebe lostrabte, und es fühlte sich überhaupt nicht beängstigend an.

Ned tat sehr viel für mich, und mit am wichtigsten war, dass er mir das Reiten beibrachte.

Die Pferde hörten ganz genau auf seine Anweisungen, und an dem Tag trabten wir viele Meilen das Flussufer entlang, bis wir längst das andere Ende der Stadt erreicht hatten und in einer Gegend waren, die ich überhaupt nicht kannte.

★★★

Ned erklärte mir, dass jedes Pferd seine eigene Art hat, sich zu bewegen, und wenn man die Pferde näher kennenlernt, dann spürt man den Unterschied zwischen ihnen sofort, selbst mit verbundenen Augen.

Phoebe war leicht und klug und exakt, und sie

besaß eine elegante Anmut, die schwer zu beschreiben ist, wenn man Phoebe nicht kennt.

★★★

Manche Leute können hundert Jahre lang auf einem Pferd sitzen und üben, und sie wissen immer noch nicht, wie man richtig reitet. Andere müssen nur ein einziges Mal mit einem Pferd in Kontakt treten, und schon wird die entsprechende Begabung in ihnen geweckt. Das ist es, was Ned und seine Großmutter über mich sagten: dass ich so eine Begabung in mir habe, die nur darauf gewartet hat, geweckt zu werden. Ich wollte unbedingt so gut werden wie Ned, und ich war bereit, dafür ewig zu üben, aber die beiden fanden, es ist nicht die Übung, die Pferdemenschen von Nicht-Pferdemenschen unterscheidet. Es ist etwas anderes, was man nicht genau benennen oder definieren kann. Etwas, das ich beweisen konnte, nicht nur ihnen, sondern vor allem mir selbst. Ich konnte Phoebe reiten; ich wusste, wie sie sich bewegte und worauf sie reagierte; und ich bekam ein Gespür für ihren Mut und wie ich diesen Mut an die Oberfläche holen konnte – Gran war der festen Überzeugung, dass ich ein Pferdemensch bin, die geborene Reiterin. Vielleicht dauerte es länger als in meiner Erinnerung, aber im Rückblick fühlt es sich so an, als wäre ich im Handumdrehen fähig gewesen, Ned zu folgen, mit ihm über die Büsche zu springen und zwischen den großen Bäumen von Nettlebog durchzureiten, und schon galoppierte ich das Ufer entlang, als wäre uns jemand auf den Fersen. Zwischen mir und Phoebe bestand eine Verbindung, die niemand zerbrechen konnte. Wie eine Kette, nur unsichtbar, federleicht und magisch.

★★★

Man merkt gar nicht richtig, wie man etwas lernt. Eines Tages kann man es plötzlich so gut, dass man sich nicht mehr vorstellen kann, dass man es irgendwann mal nicht konnte. Jedenfalls war es so mit mir und Phoebe.

Ich fand es wunderbar, wenn wir durch die Gegend ritten, aber ich genoss es auch sehr, wenn wir zurück zum Wohnwagen gingen, um etwas zu essen, unsere Gesichter gerötet von der Luft. Wir fühlten uns superwohl, und Gran sagte, wir seien sehr schön. Genau dieses Wort verwendete sie.

Die Luft macht dich schön, wenn du durch sie hindurchgaloppierst. So kam es mir auf Phoebe vor. Als würde die Luft mich auf die Wange küssen und meine Haare bürsten.

Phoebe konnte über struppige Hecken springen, fast so gut wie Dagger. Und es gab lange Wege, die Hunderte von Gärten miteinander verbanden. Dort konnte man üben, richtig schnell zu reiten, sagte Ned. Die Kinder, die in den Gärten spielten, starrten uns mit offenem Mund nach, wenn wir vorbeipreschten. Und manchmal stieß ich diesen lauten, anfeuernden Jubelschrei aus, den ich von Ned gelernt hatte. Ich kann nicht sagen, warum. Normalerweise will ich keine Aufmerksamkeit auf mich lenken, im Gegenteil. Aber wenn du auf einem Pferd, das du liebst, durch die Landschaft galoppierst, dann möchtest du, dass man dich sieht, und da musst du einfach schreien. Ich glaube, das geht gar nicht anders.

★★★

Gran brach auf, um ihre Schwester in Kerry zu besuchen. Sie plante, fünf Tage zu bleiben, und wie sie schon vorhergesagt hatte, wollte Ned nicht mit. »Ist vielleicht auch besser so«, meinte sie. Denn sie wollte ja nicht, dass er noch mehr Unterricht versäumte.

Ich versprach ihr, immer wieder vorbeizukommen und nach Ned zu schauen, damit er sich nicht einsam fühlte, solange sie weg war.

Ich sagte, eigentlich könne ich mir nichts Angenehmeres vorstellen, als in Nettlebog zu sein. Und Gran sagte, ich sei wirklich eine gute Nachbarin, sie sei froh, mich zu kennen. Und ich sagte, mir gehe es umgekehrt genauso.

»Wollen wir morgen zusammen in die Schule gehen?«, schlug Ned vor. Ich fand die Idee klasse, und Gran hatte offensichtlich auch nichts dagegen. Irgendwie spürte ich, wie sich in meinem Herzen etwas rührte. So viele verschiedene Gefühle meldeten sich: Loyalität und Verbundenheit, Hoffnung und Freundschaft.

17

Am nächsten Morgen schien die Sonne durch mein Fenster, und ich war schon wach, bevor der Wecker klingelte. Ich aß eine Handvoll Müsli, trank ein Glas Milch und rannte zur Tür raus. Mum war gerade erst aufgestanden.

»Hast du was gefrühstückt, Minty?«, rief sie mir nach. Ich winkte ihr vom Fahrrad zu. Sie streckte den Kopf aus dem Fenster. »Minty!«, rief sie. »Das ist doch nicht der Weg in die Schule!«

»Keine Sorge!«, rief ich zurück. »Ich hole jemanden ab.«

★★★

Ned kam aus dem Wohnwagen, einen Apfel mampfend.

»Morgen!« Er grinste. »Komm mit.«

Er stapfte über das unebene Gelände zum Pferdeschuppen.

»Wohin willst du? Wir sind spät dran.«

»Komm schon«, entgegnete er. »Ich muss schnell Dagger und Phoebe begrüßen.«

Ich hätte nein sagen können, tat es aber nicht.

Ned gab mir einen Apfel für Phoebe, während er Dagger fütterte, der ihn beschnüffelte. Ich tätschelte Phoebe. Irgendwie wirkte sie nervös, aber ich hatte keine Ahnung, warum.

Ned öffnete die Tür, um Dagger rauszulassen.

»Okay«, sagte ich. »Und was machen wir jetzt?«

»Wonach sieht es aus?« Ned grinste wieder. Phoebe tänzelte auf ihren eleganten Beinen heraus in den Sonnenschein und schüttelte sich, als würde sie sich auf einen Ausritt vorbereiten.

»Keine Ahnung.«

Und Ned sagte: »Ich würde dir gern was geben.«

»Du willst mir was geben?«

»Ja.«

»Was denn?«

»Eine Geschichte, die du allen erzählen kannst.«

»Eine Geschichte?« Ich kniff die Augen zusammen, um ihn in der blendenden Morgensonne besser sehen zu können.

»Ja, genau.«

Er hielt beide Pferde an und ließ sie nebeneinandertreten. »Jeder Mensch braucht gute Geschichten. Du hast ja ein paar neue, weil du … na ja, du weißt schon … also, weil du jetzt ein Pferdemensch bist. Aber ich habe irgendwie das Gefühl, dass dir noch eine richtig tolle Geschichte fehlt.«

Die Pferde schubsten mich sanft mit den Köpfen, als würden sie mich auffordern, Ned zuzuhören.

»Ich hab schon jede Menge Geschichten, vielen Dank.«

»Aber diese spezielle hast du noch nicht.«

»Welche soll das sein?«

»Sie hat die Überschrift: Wie ich einmal mit Ned Buckley in die Schule geritten bin.«

»Ned, hat dir eigentlich schon mal jemand gesagt, dass du spinnst?«

»Ja, klar.« Als ich sein Lächeln sah, hüpfte mein Herz, und einen Moment lang dachte ich: Vielleicht kann ich auch so werden wie Ned, ein bisschen abenteuerlustiger und überhaupt, vielleicht traue ich mich dann Sachen, die den meisten Menschen gar nicht einfallen.

★★★

Schnell setzte ich meinen Rucksack auf und schwang mich auf Phoebe.

Bevor wir losritten, schaute ich hinüber zu Dougies Haus. Ich sah ihn am Küchenfenster stehen: Er hielt eine Tasse Tee in der Hand, aber irgendwie sah es so aus, als würde die Tasse in der Luft schweben. Sein Mund stand sperrangelweit offen. Ich winkte ihm. Er starrte unverwandt in meine Richtung, winkte aber nicht zurück. Aber ich hatte keine Zeit, um darüber nachzudenken. Im Grunde war es mir auch egal.

Ich war zu sehr damit beschäftigt, mit Ned Buckley eine Geschichte zu schreiben.

★★★

An dem Tag mussten Phoebe und ich schneller galoppieren als sonst, damit wir mit Ned und Dagger mithalten konnten. Vorbei am Ballyross-Kreisverkehr, vorbei an den Häuserreihen. Ich spürte den Wind in meinem Gesicht. Und Phoebes Wärme, ihre Kraft.

»Weiter, weiter!«, rief Ned mir zu, als würde ich nicht sowieso schon mit jeder Faser meines Körpers immer weiterjagen.

Das war also der Tag, an dem Ned und ich durch die hinteren Gassen zur Schule rasten. Der Wind presste die Kleider an unsere Körper, und ich hörte den regelmäßigen Atem der Pferde und den synchronen Rhythmus ihrer Hufe. Ich war so stolz auf mich! Ned jauchzte laut, und ich schaute zu ihm hinüber. Nach vorn gebeugt hockte er da, wie immer, wenn er ritt, die Hände in Daggers Mähne gekrallt, den Blick konzentriert nach vorn gerichtet. Ich versuchte, alles genauso zu machen wie er.

»Woher kannst du das?«, rief ich, während ich mich bemühte, nicht zurückzufallen.

»Ich übe seit meinem vierten Geburtstag«, rief er zurück.

»Du trainierst doch für das Ballyross-Rennen, stimmt's?«

»Ja, stimmt. Woher weißt du das?«

»Ich weiß ziemlich viel«, antwortete ich.

★★★

Die Vorschrift, beim Ballyross-Rennen ohne Sattel zu reiten, entsprach uns genau. Man hätte Phoebe oder Dagger sowieso niemals einen Sattel aufzwingen können, glaube ich. Das hätte einfach nicht zu ihnen gepasst.

Ich musste Ned versprechen, die Sache mit dem Rennen für mich zu behalten.

»Klar – versprochen! Ich sage keinem was.«

Ned meinte, dass mir das jetzt vielleicht ganz selbstverständlich vorkam, aber wenn jemand irgendwie Druck auf mich ausübte, etwas von seinen Plänen zu verraten, könnte sich das schnell ändern. »Aber du musst schweigen wie ein Grab, auch wenn jemand unbedingt was wissen will.«

»Okay, okay, schon verstanden. Meine Lippen sind versiegelt«, versprach ich.

»Sehr gut. Wir müssen auf jeden Fall verhindern, dass die anderen vorher etwas erfahren. Wir wollen alle überraschen. Überraschung muss sein.«

★★★

Serena stand am Schultor und hielt nach uns Ausschau, die Augen mit der Hand abgeschirmt. Wir waren noch zu weit entfernt, um ihr Gesicht zu erkennen, aber ich ahnte schon, dass sie vor Wut schäumte. Das ist nicht mehr zu ändern, dachte ich. Zu spät. Während wir das letzte Stück galoppierten, konnten wir sehen, dass sich noch andere Leute am Tor drängten.

»Komm, wir zeigen's ihnen«, rief Ned mir zu. »Dreimal um den Schulhof – mal sehen, ob du das schaffst.«

Das hätten wir natürlich nicht tun sollen, und ich wusste, wir würden Schwierigkeiten bekommen, aber es war mir egal. Außerdem waren die Pferde jetzt so schön in Fahrt, und ich traute mir alles zu, ohne jede Angst. Wie die Verrückten fegten wir um das Schulgelände herum. Inzwischen hatte sich unsere ganze Klasse eingefunden, und ein paar Mitschüler feuerten uns an.

★★★

In dem Moment tauchte ein Mann auf, und als Ned ihn sah, verschwand sofort der glückliche Ausdruck von seinem Gesicht. Der Typ war ein Vertreter der Stadtverwaltung. Ned und seine Großmutter hatten ihn schon öfter getroffen.

»Hör zu«, sagte Ned schnell. »Ich bringe die Pferde nach Hause. Wenn dich jemand fragt, schiebst du alles auf mich und sagst, ich hätte dich überredet.«

Wie sich herausstellte, war der Mann Brendans Vater. Er hatte genau die gleichen Schultern wie sein Sohn. Die beiden warfen identische Schatten.

Mr Kirby marschierte hinauf in unser Klassenzimmer, und als ich kam, war er schon dabei, Serena anzumeckern. Als ich die Tür öffnete, drehte er sich gleich zu mir.

»Wo ist der Kerl? Der Kerl, mit dem du gerade geritten bist?«

»Er ist nach Hause gegangen«, antwortete ich.

»Ha! Sehen Sie? Er haut einfach ab!«, schimpfte Mr Kirby. »Unfassbar. Und ich weiß noch so einiges über ihn. Er versammelt nämlich andere Jungkriminelle um sich, und sie veranstalten dann Rennen, unten bei der alten Fabrik. Ich höre sie immer schreien und grölen, auf ihren verlausten Pferden.«

Brendans Vater führte sich auf, als wüsste er

alles auf der Welt – sämtliche Fakten und Einzelheiten.

»Ich möchte, dass Ihnen eines klar ist: Dieser Junge ist in jede Menge illegaler Aktivitäten verwickelt. Er stammt aus einer unmöglichen Familie. Und er übt auf andere einen extrem schlechten Einfluss aus. Ich habe meinem Sohn gesagt, dass er sich von diesem Kerl unbedingt fernhalten soll.«

Ich hätte ihm am liebsten gesagt, dass er sich in dem Punkt keine Sorgen machen musste: Ned wollte sowieso nichts mit Brendan zu tun haben.

»Der Junge macht nur Ärger. Er ist ein Nichtsnutz. Da muss dringend etwas geschehen.«

★★★

Serena hatte ihn nicht unterbrochen. Kein Wort hatte sie gesagt, aber man konnte ihr ansehen, dass sie gleich loslegen würde. Sie beugte sich vor, die Hände flach auf das Pult aufgestützt.

»Ich muss gestehen, dass ich wirklich extrem schockiert bin«, begann sie, und ich ahnte schon, dass dies der Beginn eines sehr langen Vortrags sein würde.

18

Eine Strähne hatte sich aus Serenas Pferdeschwanz gelöst. »Na, bist du jetzt zufrieden?«, sagte Mr Kirby und zeigte mit dem Zeigefinger in meine Richtung. »Deine Lehrerin ist schockiert. Schockiert von dem, was sie gerade miterleben musste.«

Serena hob die Hand, und ihre gespreizten hellblauen Fingernägel sahen aus wie eine Formation winziger Vögel.

Sie sprach langsam und ruhig, und alle hörten ihr zu.

»Was mich schockiert, Mr Kirby, ist, dass ich diese Schüler jetzt über ein Jahr unterrichte und bis heute keine Ahnung hatte, was für phantastische Reiter wir unter uns haben«, sagte sie.

Mr Kirby runzelte die Stirn.

»Und was mich außerdem schockiert«, fuhr sie fort, »ist, dass viele Leute in dieser Stadt, prominente Vorbildfiguren wie Sie, es offenbar für korrekt halten, von einem Jungen – der übrigens ein prima Kerl ist – so zu sprechen, wie Sie es eben getan haben.«

»Ein prima Kerl!?«

»Mr Kirby, Sie werden mich in meinem Klassenzimmer nicht anschreien.«

Er öffnete den Mund, um etwas zu sagen, aber Serena hob wieder die Hand, und, o Wunder, er schwieg.

»Wenn man schlecht von einem Jungen denkt und Schlechtes über ihn verbreitet, dann muss man damit rechnen, dass er Sachen macht, die einem nicht gefallen.«

Brendans Dad presste die Lippen aufeinander, bis sie ganz weiß wurden, ballte die Fäuste und plusterte sich auf.

»Es ist eine noble alte Tradition, auf öffentlichen Plätzen Rennen zu reiten.«

»Das darf doch nicht wahr sein«, knurrte Mr Kirby. »Wovon in aller Welt reden Sie?«

»Mr Kirby«, sagte sie. »Kennen Sie den Unterschied zwischen einem Helden und einem Missetäter? Kennen Sie den Unterschied zwischen Leichtsinn und Wagemut? Zwischen gesetzeswidrigem Handeln und vorbildlicher Verkörperung von Disziplin und Courage?«

Mr Kirby klappte den Mund auf und zu und starrte sie an. Er erinnerte mich an einen Riesenfisch.

»Natürlich kennen Sie den Unterschied. Er liegt im Kontext. Ersetzen Sie einen matschigen Sportplatz in Dublin durch einen gepflasterten Platz in Siena, dann verstehen Sie, was ich meine. Ned und Minty besitzen Fähigkeiten, die in einer alten Tradition stehen. Die beiden tun das, was man im Leben tun sollte: Sie nehmen die rohe, chaotische Energie des Lebendigseins und setzen sie in Mut und Stärke um.«

»Wollen Sie etwa sagen, Sie *billigen*, was dieser Junge angerichtet hat? Dass er durch seine blindwütige Reiterei die Lehrer und Schüler dieser Schule in Angst und Schrecken versetzt und obendrein noch eine Klassenkameradin mit hineingezogen hat? Sie wollen mir doch nicht ernsthaft erzählen, dass Sie dieses Betragen für akzeptabel halten?«

»Mr Kirby, ich gebe zu, Ned wirkt manchmal ein bisschen wild. Aber mir scheint, Ihnen ist nicht ganz klar, was dieser Junge *kann*.«

Brendans Dad sah aus, als lägen ihm noch eine Menge Dinge auf der Zunge, aber nun hatte eindeutig Serena das Sagen.

»Sie haben mir heute Morgen schon sehr ausführlich mitgeteilt, was Sie von Ned Buckley halten, und nun will *ich* Ihnen mal ein paar Sachen über ihn erzählen.«

Sie holte tief Luft und seufzte.

»Wenn dieser Junge ...« Sie zeigte zur Tür, als könnte Ned auf deren anderer Seite stehen. Die roten Steine an ihrem Armband klimperten wie Glöckchen, und ihr schlanker Zeigefinger verharrte in der Luft, während sie weitersprach. »Wenn dieser Junge in Siena leben würde – also in der Stadt, aus der ich komme –, dann würden ihn alle *verehren.*«

Sie schwieg einen Moment.

»Dieses Können, mein Gott, dieses Können«, flüsterte sie dann. »Es ist einfach unglaublich. Was für ein Junge, was für ein Potential! In Siena würden die Menschen ihm in Scharen folgen, die Hände zum Himmel erhoben, als wäre er ein Gott. Vertreter aller Stadtteile würden zu ihm pilgern, um ihn zu überreden ... ja, um ihn anzuflehen, bei ihnen zu trainieren und für sie zu reiten.«

Es war jetzt mucksmäuschenstill im Klassenzimmer, bis auf Mr Kirbys empörtes Schnauben.

»Zum Glück ist Ned vermutlich immun gegen Anwürfe von Erwachsenen wie Ihnen – also von Leuten, die ihn verurteilen, obwohl sie nichts über ihn wissen.«

Mr Kirbys Gesicht lief plötzlich lilarot an. »Was soll das heißen, Miss Serralunga? Was wollen Sie damit sagen?«

»Ich will sagen, dass dieser Junge ...« Ihre Stimme wurde höher, als wollte sie gleich anfangen zu singen. »Dass dieser Junge ein Palio-Jockey werden könnte. Er ist mit Sicherheit gut genug, und er hat eindeutig das Talent und den Mut dazu.«

Niemand sagte etwas.

»Und nun verlassen Sie bitte mein Klassenzimmer.«

Mr Kirby schnaufte und prustete noch ein bisschen vor sich hin, ging dann aber rückwärts aus dem Raum und knallte die Tür zu.

★★★

»Minty, komm mal bitte kurz mit«, sagte Serena. Ich stand auf und folgte ihr hinaus auf den Flur.

»Wo ist Ned?«, fragte sie. Ich sagte, dass er die Pferde nach Hause gebracht hatte. Aus Angst, was Mr Kirby tun könnte, wollte er sie aus der Schusslinie schaffen.

»Okay, gut«, sagte sie.

Dann wollte sie wissen, wo er die Pferde stehen hatte und ob sie genug Wasser bekamen und alles, und ich antwortete: »Wir reden von Ned Buckley. Er kümmert sich perfekt um die beiden. Er versteht was von Pferden. Sie sind bestens versorgt. Um die braucht man sich keine Sorgen zu machen.«

★★★

»Okay«, sagte Serena, als im Klassenzimmer wieder Ruhe herrschte. »Es gab ja heute Morgen schon reichlich Aufregung, und ich möchte jetzt nicht noch mal damit anfangen. Aber ich habe nicht übertrieben. Was ich über Ned gesagt habe, ist mein voller Ernst. Wenn er in Siena leben würde, würden sie ihn für den Palio trainieren.«

Orla meldete sich.

»Ja, Orla?«

»Wo ist Siena, Miss?«

»Und was ist der Palio?«, fragte Dougie.

Serena war schon dabei, ihr Stundenthema auf das Whiteboard zu schreiben. Sie hielt inne und drehte sich zu uns um.

»Würde bitte jemand Orlas und Dougies Fragen beantworten?«

Allgemeine Stille.

»Was ist?«, fragte sie und blickte im Klassenzimmer umher, als dämmerte ihr etwas Schreckliches. »Du meine Güte, wie soll ich dieses Schweigen verstehen? Warum in aller Welt –« Sie drehte sich jetzt mit ausgebreiteten Armen im Kreis. »Warum brecht ihr bei diesen Wörtern nicht in freudiges Ah und Oh aus, wie es jedes zivilisierte Wesen tun sollte?«

Nach kurzem Schweigen hakte sie nach: *»Il Palio? Il Palio?«*

Niemand hatte auch nur den blassesten Schimmer, wovon sie sprach.

»Ich bin empört!«, verkündete sie, und das Klacken ihres schicken Schuhs hallte durchs Klassenzimmer.

»Sagen diese leeren Gesichter etwas, das ich einfach nicht glauben kann? Weiß wirklich niemand von euch, was ich meine? *Il Palio?*«

»La Piazza del Campo?«, fügte sie dann noch hinzu und forschte nach einem Funken des Verstehens in unseren Augen.

»Le Contrade di Siena?«

»Gli Fantini?«

»Irgendjemand? Bitte! Tut mir das nicht an!«

Immer noch Schweigen.

»Weiß wirklich niemand, wovon ich rede?«

»Was ist *Il Palio?*«, sagte sie schließlich ganz langsam und betonte jedes Wort, fassungslos. *»Was ist Il Palio?«*

Es gab nur eine Lösung. Sie musste sich die Zeit nehmen, es uns zu erklären.

19

»Es gibt in Italien einen großen Platz – einen ganz ungewöhnlichen Platz, der die Form eines Fächers hat. Die Stadt, in der dieser Platz liegt, ist Siena, und der Platz heißt *Piazza del Campo.*«

Ein neues, eigenartiges Licht schien jetzt auf Serenas Gesicht zu liegen, obwohl es draußen ziemlich trüb war.

»Der Sonnenaufgang dort ist spektakulär, eine Explosion von rötlichem Licht, das überallhin dringt. Jeder Tag beginnt mit einem Wirbel von Aktivität: Kellner pfeifen, während die Restaurants öffnen und der Platz sich füllt. Kinder rennen herum, Bekannte schwatzen miteinander, Touristen sitzen auf den glatten Pflastersteinen und empfinden den merkwürdigen Drang, ihre Landkarten wegzuwerfen.«

»Warum wollen sie denn ihre Landkarten wegwerfen, Miss?«, fragte Laura.

»Wozu braucht man noch eine Landkarte, wenn man einen Ort nie mehr verlassen will?«, antwortete Serena.

Sie ging nun durch das Klassenzimmer, streifte an den Bücherregalen entlang, blieb mit ihrer langen Strickjacke fast an einem der Haken neben der Tür hängen. Sie öffnete ein Fenster und ließ kühle Luft herein.

»In der Nachmittagshitze«, fuhr sie fort, »fällt der Schatten des Uhrturms auf den Stein. Viele Leute suchen dann diesen Schatten, wie Katzen.«

»Klingt hübsch«, sagte Laura.

»Ist es auch! Aber es ist mehr als nur hübsch, denn dieser Ort ist mehr als nur das, was man sieht, auch wenn er an solchen Abenden noch so friedlich und schön wirken mag.«

Serenas Finger spreizten sich wieder fächerförmig – ein Echo des Ortes, den sie beschrieb.

»Er ist seltsam und mystisch. Die Bürger von Siena wissen, wie glücklich sie sich schätzen können, dass sie diesen Platz im Herzen ihrer Stadt haben. Die Piazza del Campo ist ein Ort, der für Gemeinsamkeit und Freundschaft steht, ein freundlicher, geschützter Ort voller Wärme und Schatten.«

Selbst Brendan saß jetzt über seinen Tisch gebeugt da, als wollte er ganz genau zuhören.

»So, jetzt dürfte jeder von euch ein Bild von der wunderbaren Piazza del Campo haben – ich möchte, dass ihr dieses Bild in euch aufnehmt. Denkt an die Form der gepflasterten Fläche. Denkt an das rötliche Licht, das morgens darauf fällt, und an die friedliche Atmosphäre, die den Platz erfüllt. Behaltet das Bild im Kopf, wenn ich euch nun etwas anderes schildere: Zweimal im Jahr passiert dort etwas, das alles von Grund auf verändert. Es verwandelt die Piazza del Campo in eine Bühne, auf der das grandioseste Drama der Welt stattfindet.«

Alle wirkten jetzt wie hypnotisiert.

»Die Piazza del Campo wird zu einer Arena, in der ein sehr altes Rennen ausgetragen wird. Ein Pferderennen. Viele Leute würden sagen, es ist das beste, härteste Rennen der Welt. Neunzig Sekunden, ohne Sattel, mörderisch, halsbrecherisch. Es beginnt mit einem Startschuss und dem Aufschrei der Menge. Zehn wildentschlossene Jockeys galoppieren um den Platz, legen sich in die engen Kurven, riskieren alles für die Siegesstandarte, den sogenannten *Palio.*«

Ihre Stimme war Samt und Stahl. Wir waren mucksmäuschenstill.

»Wenn das Rennen vorbei ist, fallen viele Zuschauer auf die Knie, manche triumphierend, andere verzweifelt. Außenstehende fragen oft, was dieses wilde Ritual soll und warum es dermaßen heftige Gefühle freisetzt. Der Palio hat viele Funktionen, erklärt man ihnen dann, vor allem aber dient er als Erinnerung an eine tiefe, uralte Wahrheit: dass sich in einem Augenblick alles verändern kann, dass ein friedlicher Platz plötzlich ein Ort der Gefahr wird, dass Freunde zu Feinden werden, dass die Dinge nicht immer so sind, wie sie scheinen.

Ned Buckley ist nicht, was er zu sein scheint. Er ist nicht, wofür man ihn hält. Er ist nicht, was man ihm nachsagt. Es braucht eine Menge Übung, ein Pferd so zu reiten, wie er es tut. Oh, Minty, versteh mich nicht falsch, du hast auch sehr beeindruckende Fähigkeiten. Es ist einfach nur so, dass Ned …«

»Okay, danke, verstehe«, sagte ich. Endlich erwähnte sie mich auch mal, aber es war total klar, dass Ned derjenige war, der sie wirklich in Staunen versetzt hatte.

Die Tür öffnete sich quietschend. Falls er vorgehabt hatte, unbemerkt ins Klassenzimmer zu schlüpfen, war dieser Plan definitiv geplatzt.

Alle schauten sich um: Ned Buckley, der verrufene Junge, vor dem sowieso schon jeder Angst hatte, bei dem keiner so recht wusste, was er von ihm halten sollte. Und plötzlich hatte ich das Gefühl, dass dies so ein kritischer Moment war, in dem die öffentliche Meinung in eine üble Richtung umschlagen kann. Ich war gefordert. Es war meine Chance, mich für ihn einzusetzen, und wenn man eine Chance hat, muss man sie ergreifen, auch wenn man nicht genau weiß, was dabei rauskommt.

Ich stand auf und zeigte auf Ned.

»Er ist der große Unbekannte«, verkündete ich, aber es war sofort klar, dass niemand kapierte, worauf ich rauswollte.

»Der Überraschungsstarter beim Rennen! Dem Ballyross-Rennen. Er kann es gewinnen. Es ist ein richtig großes Ding. Findet nächsten Sonntag statt. Und Ned wird dort gegen Reiter starten, die zu den besten im ganzen Land gehören!«

Zu meiner Verblüffung sah Ned weder stolz noch verlegen drein. Er sah aus, als wäre er sauer. Er machte das Kehle-durchschneiden-Zeichen, und es dauerte ein paar Sekunden, bis mir aufging, was ich getan hatte – und was er mir signalisieren wollte.

»Am nächsten Sonntag ist gar kein Rennen. Es fällt aus. Minty hat da was total falsch verstanden.«

Plötzlich fühlte ich mich so was von mies. Mir war klar, dass er log, um die Aufmerksamkeit von sich abzulenken. Niemand hier wusste, dass das Ballyross-Rennen garantiert nie ausfallen würde. Es war ein altes Ritual, und es gab immer noch eine Menge Leute, die nicht zulassen würden, dass dieses Ritual unterging.

»Solche Dinge sind manchmal unvorhersehbar, Minty«, sagte Serena leise zu mir. »Nimm's dir nicht zu sehr zu Herzen.«

»Tue ich gar nicht. Es ist mir egal«, gab ich zurück. Sie ließ das so stehen, obwohl wir beide genau wussten, dass es gelogen war.

★★★

Wir sollten alles über den Palio herausfinden. Serena sagte, es sei ein offizielles Projekt. Aber auch so wäre jeder schnurstracks nach Hause gegangen und hätte im Netz gesucht.

Der Palio findet seit dem Spätmittelalter zweimal im Jahr statt. Er ist das spektakulärste Pferderennen der Welt.

Die zehn Jockeys sind Helden, und jeder will so ein Jockey werden, aber kaum jemand schafft es. Die Pferde sind kräftig und schön und haben ihre eigenen Gründe, schneller laufen zu wollen als alle anderen. Den Pferden geht es nicht um Ruhm und Ehre oder Geld oder so was. Ihnen geht es darum, das zu tun, was in ihrer Natur liegt, wofür sie geboren sind. Für sie zählt nicht der Sieg. Für sie zählt nur der Augenblick.

★★★

Eine laute, bunte Menschenmenge drängt sich in der Mitte des fächerförmigen Platzes. Und es herrscht so ein Lärm, dass man sich nicht vorstellen kann, wie es je still werden soll, aber dann kommt der magische Moment, in dem sich alle Köpfe zu dem Mann hindrehen, der innen an der Startlinie steht: weißes Hemd, ernstes Gesicht.

Der Mann hält eine Pistole hoch. Alle Reiter haben einen Gesichtsausdruck, den man nur als furchtlos und furchtsam zugleich beschreiben kann.

In der gespannten Stille knallt die Pistole, und die Menge reckt sich wie ein einziges Wesen. Die Pferde preschen los, und es scheint, als hätten sie statt Reitern Flügel auf dem Rücken – das Rennen läuft.

Jeder Reiter trägt einen Anzug und eine Kappe in einer speziellen Farbe, die für einen der Stadtteile von Siena steht. So einen Stadtteil nennt man *Contrada*, und jeder will, dass seine Contrada gewinnt.

Das Rennen ist kurz und schnell, aber man hat das Gefühl, dass es auf der Welt nichts gibt als diese Sekunden.

Wenn der Sieger die Ziellinie überquert, sieht man erwachsene Männer weinen – sie umarmen und küssen einander, und manche wirken, als würden sie gleich in Ohnmacht fallen. Tausende

Fäuste boxen in die Luft. Tausende Knie sinken auf den Boden. Tausende Arme recken sich in den Himmel.

Ned und ich waren zusammen für das Palio-Projekt eingeteilt. Das ist ein Teil der Sachen, die wir herausfanden. Ned war inzwischen viel besser im Lesen. Er stolperte ab und zu mal bei einem Wort, aber eigentlich nicht öfter als andere. Man hätte nie gedacht, dass er gerade erst lesen gelernt hatte.

★★★

Wenn man bedenkt, dass wir vorher gar nichts über diese Stadt und dieses Rennen gewusst hatten, brachten wir wirklich eine ganze Menge Informationen zusammen. Es war aber auch nicht *so* schwer. Das Internet ist voll davon, wenn man nur sucht.

»Es ist, wie wenn man zum Mond fliegt«, sagt ein Palio-Jockey in einem Interview auf einem italienischen Reitsportblog, den wir entdeckten. »Man ist nicht mehr derselbe Mensch, wenn man einmal Palio-Reiter war. Wenn man beim Palio mitgemacht hat, nimmt man den Mut und die Entschlossenheit in sein Alltagsleben mit.«

★★★

»Ah, *fantastico*!«, sagte Serena, nachdem Ned und ich unsere Recherchen präsentiert und alle in der Klasse applaudiert hatten.

Und ihr Blick wanderte zum Fenster und über die niedrigen Hügel hinter unserer Schule hinweg, und man sah, dass sie einen Moment lang nicht mehr in der Ballyross Secondary School war, dass sie nicht mehr vor unserer Klasse stand. Sie war auf der Piazza del Campo, mitten in der fiebernden Menge.

★★★

Sogar Brendan hatte das Thema zuerst interessiert, aber dann sagte er, das Palio-Projekt gehe ja ewig und halte uns von den Sachen ab, die wir eigentlich lernen sollten.

»Miss, können Sie noch mal erklären, warum wir uns schon die ganze Woche immer nur mit dem Palio beschäftigen?«

»Ach, Brendan, halt die Klappe!«, riefen alle, obwohl wir eigentlich wussten, dass Brendan nicht so leicht zum Schweigen zu bringen war.

»Mein Dad sagt, im Lehrplan steht nichts davon. Es ist doch sinnlos, so viele Stunden auf so was Unwichtiges zu verschwenden. Es bringt nichts, die Realität zu ignorieren, und die Realität ist, dass wir eigentlich andere Sachen lernen müssen.«

Serena sah Brendan volle zehn Sekunden wortlos an.

»Es bringt nichts, die Realität zu ignorieren? Red keinen Unsinn, Brendan, natürlich bringt es etwas!«, erwiderte sie. »Wie kann irgendjemand auf die Idee kommen, das, was an Möglichkeiten in den Menschen steckt, links liegenzulassen, nur um sich mit der schnöden Realität zu befassen?«

Sie tat, als würde sie sich an uns alle wenden, aber mir war völlig klar, dass sie es einzig und allein zu Ned sagte.

★★★

»Sie sollten am Sonntag zum Rennen kommen, Miss«, sagte Ned, als alle zusammenpackten.

»Zum Rennen?«

»Ja, zum Ballyross-Rennen.«

»Aber fällt das denn nicht aus?«, fragten alle im Chor.

»Natürlich nicht.« Ned grinste. »Aber es ist besser, wenn das nicht jeder weiß.« Ned blickte zu Brendan hinüber, der breitbeinig und mit verschränkten Armen dasaß. »Stimmt doch, Brendan, oder?«, sagte er. »Und es soll sich für dich lohnen, wenn es so bleibt.«

★★★

»Ich kenne viele Typen wie Brendan«, erklärte Ned später, als wir im Dunkeln die Pferde striegelten. »Er ist einer, der sich nicht lange wehrt, wenn man ihm einen Deal anbietet, damit er den Mund hält. Jeder ist käuflich, und Brendan ist billiger als die meisten.«

Ned hatte Brendan bestochen, damit er seinem Vater verschwieg, dass das Rennen doch stattfand. Brendan würde den Mund halten, da war sich Ned ganz sicher.

20

Ich weiß nicht, wie der menschliche Instinkt funktioniert. Wahrscheinlich ist das einfach ein Mysterium. An diesem Tag war ich auf dem Heimweg von der Schule und rannte schon fast unsere Straße entlang, weil ich es so eilig hatte, Mum von unserem Projekt und von den Supernoten, die wir dafür gekriegt hatten, zu erzählen. Ich dachte außerdem, ich könnte dann nachher vielleicht noch zu Ned gehen. Und auf einmal wusste ich, dass irgendwas nicht stimmte. Zuerst war da so eine totale Reglosigkeit um mich herum, anders als die übliche Nachmittagsstille in unserer Straße an Werktagen. Dann setzte ein schneidender Wind ein, und Kälte schwappte über mein Gesicht, als fiele plötzlich eisiger Regen.

Ich steckte den Schlüssel ins Schloss, aber als ich die Tür aufdrücken wollte, war da etwas auf der anderen Seite, das es verhinderte.

»Was zum …«

Ich flüsterte »Mum?«, sagte es dann lauter und rief schließlich ganz laut: »Mum. Mum. Mum!«

Ich hoffte, dass sie antworten würde: »Was ist

denn, Minty?« Oder: »Immer mit der Ruhe, ich bin ja hier.« Oder meinetwegen sogar: »Du liebe Güte, Minty, was schreist du denn so?«

Aber ich hörte nichts von alldem. Stattdessen nur ein leises Stöhnen. Etwas Schweres lag auf der anderen Seite der Tür, und das war Mum.

»Mum, Mum?«

»Minty, Schatz.« Ihre Stimme war fadendünn. »Ich bin gestürzt. Ich liege hier im Flur und kann mich nicht bewegen. Irgendwas ist mit meinem Bein.«

Und dann hörte ich wieder ein Stöhnen, und Mum sagte nichts mehr. Ich hatte keine Ahnung, was ich tun sollte.

Ich klopfte an jede Tür in unserer Straße. Niemand war zu Hause. Ich rannte mindestens dreimal die Straße rauf und runter. Dabei hätte ich doch einen Krankenwagen rufen sollen oder sonst irgendwas tun, um Hilfe zu holen, aber mein Gehirn funktionierte nicht richtig.

Dad konnte ich auf seinem Handy nicht erreichen. Und weil mir sonst niemand einfiel, rief ich Ned an.

»Ned, sag bitte Gran, sie muss mit ihrem Van hierherkommen, jetzt sofort, bitte. Es ist ein Notfall. Was Ernstes. Ich brauche eure Hilfe.«

Ich wusste ja inzwischen, dass Neds Großmutter diese verlässliche, praktische Art hatte, an der man merkt, dass man auf einen Menschen zählen kann. Während ich auf sie wartete, hockte ich auf unserer Eingangsstufe, die Ellbogen auf den Knien. Ich atmete schnell und redete durch die Haustür mit Mum. Obwohl Mum nicht mehr mit mir redete.

Es dauerte nicht lange – lautes Motorengeräusch und Geklapper zerrissen die Stille, und da kam er auch schon unsere Straße entlanggerumpelt. Grans Nettlebog-Van. Dreckig und rostig und untendrunter weiß. Nach hinten stieß er jede Menge Rauchwolken aus, und vor unserem Haus machte er eine Vollbremsung.

Jemand Großes, Energisches stieg aus und kam auf mich zugerannt. Es war nicht Gran, es war Ned. Gran war doch bis Sonntag bei ihrer Schwester in Kerry. Ich hatte total vergessen, dass Ned allein war.

Ich stand auf. Die Luft, die ich die ganze Zeit angehalten hatte, kam nun in einem heftigen Schwall aus mir heraus. Ich packte Neds Arm, und ganz kurz packte er meinen.

Ich zeigte auf die Haustür, und irgendwie schaffte er es, sie aufzudrücken, und da lag meine Mum, bleich und bewusstlos. Ned kniete sich neben sie.

Mir braucht keiner zu sagen, wie dämlich ich in Krisensituationen bin. Ich stand einfach nur wie erstarrt da und glotzte. Erst nach einer ganzen Weile merkte ich, dass Ned mit mir redete.

»Ich habe sie, Minty. Ich hab deine Mum. Keine Sorge, das wird schon. Aus dem Weg.«

Er trug sie, wie man ein Baby trägt, nur dass meine Mutter natürlich wesentlich größer ist. Ned war stark, und es schien ihn gar nicht groß anzustrengen. Aus Mums Mund hing ein Spuckefaden. Langsam und vorsichtig legte er sie hinten in den Van. Er deckte sie mit einer von Grans Patchworkdecken zu, hob ihren Kopf an und schob einen Sack als Kopfkissen darunter.

»Alles ist okay«, sagte er zu Mum, die allerdings nicht so aussah, als wäre alles okay.

Er sagte, ich solle einsteigen.

»Gibt es jemanden, den du anrufen musst?«, fragte er, während er Gas gab. Der Motor jaulte auf wie ein Lebewesen.

Es kann stressig sein, einen Freund zu haben, der sich nicht um die Vorschriften schert und den so was wie Grundstücksgrenzen oder Führerscheinpflicht nicht kümmern. Aber in dem Moment war ich sicher, dass ohne ihn alles ganz anders ausgegangen wäre.

21

Es überraschte mich nicht, dass Ned schnell und erstklassig fahren konnte.

In null Komma nichts waren wir beim Krankenhaus, und am Eingang zur Notaufnahme rief Ned laut um Hilfe. Zwei Schwestern und ein Arzt hoben Mum auf eine Rolltrage.

»Alles unter Kontrolle. Das Weitere übernehmen wir«, sagte eine der Schwestern.

Der Kaffee aus dem Automaten schmeckte wie Brühe.

»Solltest du nicht versuchen, deinen *Da* zu erreichen? Ihm wenigstens Bescheid sagen?«, fragte Ned.

»Hör zu«, sagte ich. »Ich will nicht über meinen *Da* reden – über meinen Dad, meine ich. Ich will überhaupt nicht über meine Eltern reden.«

Das stimmte nicht. Ich *wollte* über sie reden, es war mir nur nicht bewusst. Ned wartete einfach ab, und schließlich erzählte ich ihm, wie zurzeit alles in die Brüche ging.

»Mein Dad hat gerade seine neue Freundin geheiratet. Ich meine, er kennt sie erst kurz, aber jetzt sind sie trotzdem verheiratet. Ich war bei der Hochzeit. Ich war das Blumenmädchen.«

Ned nickte.

»Ich hab mitgekriegt, wie meine Eltern sich immer weiter voneinander entfernt haben«, erklärte ich ihm. »Meine Mum ist total unglücklich. Sie braucht endlos viel Energie dafür, so zu tun, als ginge es ihr gut – deshalb kann sie nicht mehr aufpassen, wo sie hintritt. Kein Wunder, dass sie die Treppe runtergefallen ist. Zu mir haben meine Eltern dauernd gesagt, es ist alles in Ordnung – aber nichts war in Ordnung. Sie waren dabei, sich zu trennen, und Dad wusste, dass er auszieht, aber er hat es mir nie gesagt, erst in letzter Minute. Sie haben mich angelogen, Ned. Meine Welt war immer klein und geordnet, und die Menschen, die mir wichtig sind, alle am selben Ort.« Ich schniefte. »Jetzt ist meine Welt kompliziert und unberechenbar.«

»Dafür braucht man keine geschiedenen Eltern. So ist das Leben. Man nennt es Erwachsenwerden«, sagte er.

Einen Moment kam es mir so vor, als würde ich gleich losweinen. Das Gefühl kam ganz plötzlich. Irgendwas regte sich in Neds Gesicht. Er legte mir die Hand auf die Schulter, nahm sie aber sofort wieder weg, doch ich spürte noch ewig die Stelle, wo seine Hand gelegen hatte. Sie fühlte sich irgendwie wohlig warm an.

»Hey, Minty, sorry, ich wollte dich nicht traurig machen.«

Ich erwiderte, dass ich sowieso traurig sei.

»Warum kommt denn keiner und sagt mir, wie's ihr geht!«, jammerte ich, und Ned sagte, er würde jemanden suchen, ich solle hier warten und cool bleiben, und ich antwortete: »Ich tue mein Bestes.«

Er kam wieder und sagte, die Ärzte untersuchten sie noch – sie müsse geröntgt werden, und das dauere eben.

»Ich drehe noch durch, Ned. Erzähl mir was. Irgendwas anderes.«

Komischerweise zitterte ich, obwohl es bei den Automaten ganz schön warm war.

Mit einer lässigen Bewegung zog Ned die Jacke aus und legte sie mir um die Schultern. Seine Jacke hatte etwas Tröstliches, mit ihrem Nettlebog-Geruch nach Kräutern und Feuer.

»Okay«, sagte er. »Habe ich dir schon mal von meiner Mutter erzählt?«

»Nein.«

»Sie kam aus einem Land, weit weg von hier, und als sie gerade einen Tag in Irland war, verliebte sie sich in meinen Da. Er war nämlich der charmanteste Mann der Welt.

Meine Mutter hatte sich nie für Männer interessiert, bevor sie ihn traf. Gran sagt immer, mein Da konnte mit seinem Charme eine Mandel aus ihrer Schale locken. Und genau das hat er mit meiner Mutter gemacht. Sie lächelte nur ganz selten, weil sie dazu erzogen war, ihre Gefühle nicht in der Öffentlichkeit zu zeigen. Aber mein Da brachte sie zum Lächeln, und da sah jeder, dass er sie verzaubert hatte. Er bewies allen, dass sie nicht die kalte Prinzessin war, für die alle anderen sie hielten.

Die beiden sind sich beim Ballyross-Rennen begegnet. Damals war es noch ein Riesenevent – alle Welt kam dort zusammen, Arm und Reich, Leute vom Land und aus der Stadt, Trainer, Reiter, Pferdebesitzer. Mein Da hieß Davy. Davy Buckley, der beste Reiter, den das Land je hatte. So was wie ihn gab's nicht noch mal. Gibt's bis heute nicht noch mal.

Willst du wissen, was dann passiert ist? Als meine Mutter meinen Vater angelächelt hatte?«

»Ja«, sagte ich. »Will ich.«

»Er ist in Ohnmacht gefallen. Hat später gesagt, alles Blut in seinem Körper ist ins Herz geschossen. Er war vorübergehend blind. Die Leute hielten ihn für einen harten Kerl, aber er war total empfänglich für Schönheit, mein Da. Hat extrem stark drauf reagiert. Er konnte eine Frau wie meine Mutter nicht anschauen, ohne überwältigt zu sein.

Sie haben geheiratet. Gran sagt, sie waren wie Meer und Land. Er war ein Fels, und sie war eine Welle, sagt Gran, und als sie aufeinandertrafen, toste und schäumte es. Es war irgendwie magisch. Sie kamen aus verschiedenen Welten, aber sie hatten viel gemeinsam.«

»Zum Beispiel?«, fragte ich.

»Zum Beispiel die Liebe zu Pferden und dass Mut für sie was sehr Wichtiges war«, antwortete er und ließ das Gummi um sein Handgelenk schnipsen. »Ah, ja, und beide hatten tolle Singstimmen.«

»Was für welche? Wie haben sie geklungen?«

»Weiß ich nicht.«

»Was heißt, du weißt es nicht?«

»Ich kann mich nicht erinnern.«

»Warum nicht?«

»Ich kann mich überhaupt nicht an meine Eltern erinnern. Alles, was ich über sie weiß, hab ich von Gran. Mein Da ist tot, und meine Mutter ist weg.«

Ich war nicht überrascht. Mir fiel ein, wie Ned mir im Wohnwagen das Foto von seinem Vater gezeigt hatte. Ich dachte an die Traurigkeit in seiner Stimme, als er von ihm sprach.

»Tut mir leid. Das ist echt beschissen. Ich meine, das ist echt schlimm«, sagte ich, und er sagte: »Stimmt.«

Ned sagte, Gran meine, er habe seine unbeugsame Art und seine Courage von seinen Eltern, aber das könne doch gar nicht sein, denn wie soll man etwas von jemandem haben, an den man sich gar nicht erinnern kann?

Jetzt wirkte Ned kein bisschen traurig oder verloren, als er über seine Eltern redete. Die Art, wie er sprach, gab mir das Gefühl, dass es total normal war, Eltern zu haben, die wie ein Fels und eine Welle waren und von denen der eine Teil tot war und der andere weg. Er fuhr sich mit der Hand durch die Haare und schaute an die Decke.

Ich hatte kein Problem, ihm das alles zu glauben. Wenn ich ihn anschaute, schien es total logisch, dass seine Mutter eine Prinzessin war und sein Vater der charmanteste Mann der Welt.

Ein Arzt mit strubbeligen Haaren und weißen Joggingschuhen kam den Flur entlang.

»Hallo, ihr zwei«, begrüßte er uns und sagte dann zu mir: »Deine Mutter muss wegen ihrer Verletzung operiert werden, aber es ist zum Glück kein großer Eingriff und wird nicht sehr lange dauern.«

Ned wollte nicht bleiben. Er sagte, Mum und ich seien ja in guten Händen und außerdem würde es nur Ärger geben, wenn ihn jemand Offizielles in dem Van sähe.

»Ich geh jetzt. Alles Gute«, sagte er. »Bis bald. Versuch, dir keine Sorgen zu machen.«

»Wo gehst du hin?«

»Ey, Minty, ich muss trainieren, vergessen?«

»Oh, klar.«

»Sobald du hier raus bist, kannst du ja vorbeikommen und mir helfen.«

Ich sagte, ich würde mein Bestes tun, und er sagte, super.

★★★

Aber zuerst mal fand ich es gar nicht toll, allein im Krankenhaus zu sitzen und darauf warten zu müssen, dass meine Mutter aus dem OP kam. Man sagte mir, ich solle meinen Dad anrufen. Ich musste den Getränkeautomaten ausstöpseln, um mein Handy aufzuladen. Außerdem gab es kein WLAN, und was soll man da anderes tun, als nachdenken?

Ich dachte an die Pferde, die Neds Eltern zusammengebracht hatten. Und ich dachte an meine Mum und empfand es als Riesenglück, dass sie noch da war – verletzt und kaputt, aber trotzdem hier, bei mir, in meinem Leben. Es fühlte sich an, als wäre eine neue Weisheit über mich gekommen, und das war ein Gefühl, als ob mich jemand in eine Decke hüllen würde. Ich saß da und wartete, umgeben von Krankenhausgeräuschen. »Bitte, Mum, werd gesund«, sagte ich zu niemand Bestimmtem. »Bitte, bitte, werd wieder gesund.«

★★★

Sie mussten ihren Oberschenkelknochen nageln, weil er so kompliziert gebrochen war. Aber das Bein würde wieder in Ordnung kommen, sagten sie.

Knochen können brechen und wieder heilen. Bei meiner Mum war noch viel mehr nicht in Ordnung. Das wusste ich schon lange.

Ich wartete darauf, dass sie nach der Operation wieder aufwachte. Dad war inzwischen angeblich auf dem Weg ins Krankenhaus. Mir war ein bisschen langweilig, also schaute ich mir gerade die Fotos auf meinem Handy an, als Mum aufwachte.

»O Schätzchen, es tut mir so leid«, war das Erste, was sie sagte.

»Ist schon gut, Mum, ich bin froh, dass du soweit okay bist.«

Ich erzählte ihr, was Ned getan hatte, für den Fall, dass sie sich nicht daran erinnerte. Und sie sagte, ich müsse ihm dafür ein Riesendankeschön sagen. Es gruselte sie genau wie mich bei dem Gedanken, was hätte passieren können, wenn er nicht gewesen wäre, wo doch die Rettungsdienste heutzutage so überlastet waren und Dad so schwer erreichbar.

Und da, als wir gerade von Dad redeten, bemerkte sie mein Handy und das Foto, das ich angeguckt hatte. Es war ein Foto von Dads und Lindys Hochzeit.

»Hey«, sagte sie. »Die Bilder hast du mir ja noch gar nicht gezeigt. Lass mal sehen.«

Man kann seiner verletzten Mutter, die eben aus der Narkose aufgewacht ist, schlecht etwas abschlagen. Es hätte sich nicht richtig angefühlt. Also schaute ich ihr über die Schulter, während sie wischte und guckte und wieder wischte und wieder guckte. Kilometerweise Fotos auf meinem Handy: Dad, wie er Lindy küsst; Dad und Lindy, wie sie Torte essen; Dad und Lindy, wie sie tanzen; all die alten Freunde von Mum und Dad, wie sie im Kreis um Dad und Lindy herumstehen und klatschen; ich mit Lindy auf diesem peinlichen Selfie; drei von Mums und Dads alten Freunden, wie sie hinter einer grinsenden Lindy stehen; Dad, wie er ein Glas in die Luft hält; und Lindy, die ihren Blumenstrauß hinter sich wirft, während diese Mädchen mit pink- und orangefarbenen Federn im Haar allesamt hochspringen und ihn fangen wollen.

Ich wusste gar nicht, dass ich so viele Fotos gemacht hatte. Sie nahmen kein Ende. Mum, die sowieso total erschöpft war, wischte und wischte und wischte.

»Warum wollen sie den Strauß fangen, Mum?« Ich fragte das nur, weil sie so still und ernst geworden war. Ich wollte, dass wir redeten – über irgendwas.

»Das ist eine alte Sitte«, antwortete sie. »Diejenige, die den Strauß fängt, heiratet als Nächste.«

»Warum wollen sie denn unbedingt heiraten?«

»Keine Ahnung, Schätzchen – ich weiß es nicht.«

Sie lehnte im Bett und guckte auf das Handy runter – und einen Moment lang dachte ich, es tropft durch die Decke des Krankenzimmers, weil plötzlich etwas Nasses auf mein Handydisplay platschte.

Es kam nicht durch die Decke. Es kam von meiner Mum.

Und im nächsten Moment sackte sie unter der Decke in sich zusammen, als ob sie aus Eis bestünde und schmelzen würde oder als ob sie mit Luft gefüllt wäre und jemand eine Stecknadel in sie reingepikt hätte.

»O Mum!«, rief ich.

»Alles in Ordnung«, sagte sie zum millionsten Mal, aber sie weinte.

»Hör auf damit«, sagte ich. »Sag nicht immer, alles in Ordnung. Nichts ist in Ordnung. Für dich nicht. Für mich nicht. Für uns beide nicht. Also sag das nicht mehr. Hör auf damit.«

Und sie hörte auf. Sie sagte, ich hätte recht. Und dann sagte sie: »Ja, nichts ist in Ordnung« - sie sei nicht fröhlich, sondern traurig und hilflos und wütend, und sie habe Angst.

Endlich kam die Wahrheit aus ihr heraus. Die ersten ehrlichen Worte, die sie seit langem sagte. Ich hätte sie fast umarmt, aber stattdessen hielt ich eine Weile ihre Hand, und es war, als bekäme ich meine Mum nach langer Zeit endlich wieder. Das kann die Wahrheit bewirken.

★★★

Dad kam tatsächlich ins Krankenhaus, aber er blieb draußen vor dem Krankenzimmer und klopfte so leise an, dass ich es erst nach einer Weile hörte.

»Mum, Dad ist da«, sagte ich.

»Nein, bitte nicht«, sagte sie. Man musste kein Genie sein, um zu verstehen, dass sie ihn nicht sehen wollte. Also ging ich zu ihm raus.

»Dad, es ist schon spät, und sie ist müde, versuch's doch lieber morgen noch mal.«

»Ist alles okay?«

»Ihr Bein wird wieder«, antwortete ich.

Wir sprachen kurz mit einer Schwester. Sie erklärte uns, die Narkose könne seltsame emotionale Auswirkungen haben.

Dad wartete, während ich noch mal zu Mum reinging. Jetzt schlief sie. Ich gab ihr einen Kuss auf die Stirn, als ob ich die Mutter wäre und sie das Kind.

★★★

Es ist nicht so leicht einzuschlafen, wenn deine Mutter mit tränenüberströmtem Gesicht in einem Krankenhausbett liegt und du selbst auf einem nagelneuen Sofa übernachtest, das deinem Dad und seiner neuen Frau gehört.

Ich musste die ganze Zeit an Mum denken, wie sie dalag und weinte, als ob sie sich in der Dunkelheit verirrt hätte und niemand sie finden konnte.

★★★

Am nächsten Tag sprachen Dad und ich mit dem blassen, rothaarigen Arzt in den ausgelatschten Joggingschuhen.

»Ihre Frau muss vier Wochen im Streckverband liegen.«

»Exfrau«, korrigierte ich hilfsbereit.

»Ja«, sagte der Arzt. »Das Bein muss erst mal ruhiggestellt werden, während die körpereigenen Heilkräfte ihr Werk tun«, erklärte er meinem Dad.

Sie musste also im Krankenhaus bleiben. Im Bett.

Mum würde eine Menge Hilfe und emotionale Unterstützung brauchen, sagte er. Es sei ein langer Weg bis zur Wiederherstellung, aber es gebe eben klare Prioritäten und alles andere müsse zurücktreten.

Aus irgendeinem Grund schauten mich alle an, als wäre ich eine Bombe, die jeden Moment explodieren könnte, und fragten mich, wie es mir gehe und wie es sich für mich angefühlt habe, sie so zu finden.

Sie hätten mir eigentlich andere Fragen stellen sollen – wie es sich anfühlt, in einer Ein-Eltern-Familie zu leben, wie es sich anfühlt, dass mein Dad ausgezogen ist und jetzt mit einer anderen Frau verheiratet ist.

★★★

Am Tag danach fuhren mich Dad und Lindy ins Krankenhaus. Dad kam mit rein. Diesmal wollte er Mom unbedingt sehen, bevor er wieder ging.

»Ich kann leider nicht lange bleiben«, war das Erste, was er zu ihr sagte. »Lindy wartet draußen im Auto«, das Zweite.

»Bist du okay?«, fragte er dann.

»Sieht es so aus, als ob ich okay wäre?«, erwiderte Mom, ohne ihn anzuschauen.

Dad seufzte.

»Hör zu, ich denke, du brauchst Hilfe.«

Sie wollte wissen, warum er überhaupt hergekommen sei, wenn er doch nichts anderes vorhatte, als ihr unnütze Ratschläge zu geben, und schon wieder gehen wollte, kaum dass er da war. Im Zimmer war ein Tisch mit Rädern, auf dem eine Zeitschrift lag. Ich blätterte sie durch, ohne zu lesen, ja, sogar ohne die Fotos anzusehen.

★★★

»Ich hätte nicht kommen sollen«, sagte Dad zu mir, als wir zusammen den Flur entlanggingen.

»Was soll ich dazu sagen, Dad? Sag mir einfach, was du hören willst. Wie wär's mit ›O nein, es war echt nett von dir, vorbeizuschauen‹? Würde dich das entlasten? Bist du deshalb hier? Um deine Schuldgefühle loszuwerden?«

»Minty, was willst du - was soll ich tun?«

»Das ist eine dermaßen sinnlose Frage«, gab ich

zurück. »Wo du doch sowieso tust, was du willst, egal, was ich will.«

So was zu sagen ist normalerweise ein sicheres Mittel, einen Streit vom Zaun zu brechen, aber diesmal kam es anders.

Wir standen an der Glastür, die ständig auf- und zuging, und Dad sagte: »Minty, ich weiß, du bist wütend«, und ich sagte: »Ach, echt? Das weißt du? Gratuliere. Tolle Leistung.«

Er sagte wieder, er müsse gehen, ging aber nicht, und es wäre eine ganze Weile total still gewesen, wenn man nicht dauernd die automatische Tür gehört hätte.

»Deine Mum und du, ihr müsst versuchen, euch an die positiven Momente zu halten. Es gibt doch im Leben immer gute Sachen, auch wenn es sich im Ganzen gerade nicht so toll anfühlt.«

Ich wollte sagen: »Dad, wenn du mir Ratschläge geben willst, dann bitte was Konkretes wie zum Beispiel ›Lad dein Handy auf, bevor du aus dem Haus gehst‹ oder ›Iss keinen gelben Schnee‹.« Ich wollte sagen: »Hey, zu deiner Information, Dad, sich an die positiven Momente zu halten ist nicht gerade besonders hilfreich.«

Schließlich sagte ich nur: »Ja, okay, Dad – wenn du meinst.«

22

Mum würde wieder gesund werden, aber dafür brauchte sie viel Geduld.

Es war ein Glück, sagten sie im Krankenhaus, dass der Bruch Mum zwang, Ruhe zu halten und im Krankenhaus zu bleiben. Dort musste sie sich um nichts kümmern und sich keine Gedanken machen, bis es ihr besserging.

Zu dem Streckverband gehörte, dass ihr Bein mit einem riesigen elastischen Band an einem Rahmen über dem Bett befestigt war, was bedeutete, dass sie sich in den nächsten Wochen nicht nur um nichts sorgen musste und nichts zu überlegen brauchte – sie durfte auch nicht aufstehen oder sich sonst irgendwie bewegen. Manchen Menschen mag das ja leichtfallen, aber für meine Mutter, die normalerweise keine Sekunde stillsitzen konnte, war es bestimmt nicht einfach.

»Was ist mit Minty?«, fragte sie immer wieder, und alle Leute versicherten ihr, ich würde super zurechtkommen – als ob sie das wüssten.

Ich selbst fing auch schon an, immer »Alles okay« zu sagen. Wenn man etwas ständig wiederholt, dann findet man es mit der Zeit total logisch.

Dad kam wieder ins Krankenhaus, um mit den Ärzten zu reden. Eigentlich ging es ihn gar nichts an, was mit Mum los war. Mir kam es irgendwie nicht richtig vor, dass er sich aufführte, als würde er sich jetzt auf einmal für ihr Befinden interessieren.

Die Krankenschwestern waren allem Anschein nach entzückt, dass meine Mutter einen so hilfsbereiten Expartner hatte, der immer da war und ihr beistand. Dad sagte, ich könne selbstverständlich bei ihm und Lindy wohnen, bis Mum wieder gesund war.

Ich nutzte die Gelegenheit, um ihm zu erklären, dass es vielleicht ganz gut für mich wäre, unabhängig und selbständig zu sein, vor allem angesichts der Tatsache, dass ich – nur so zur Information, falls es irgendjemandem bisher entgangen war – kein kleines Kind mehr war und nicht vierundzwanzig Stunden am Tag beaufsichtigt werden musste, besten Dank.

Aber die Entscheidung war längst gefallen. Ich sollte nach Hause gehen und meine Sachen packen, während Dad in seinem neuen Haus das Gästezimmer aufräumte, damit ich nicht auf dem Sofa schlafen musste. Für ihn hatte die Angelegenheit sogar einen positiven Aspekt, denn Lindy nervte ihn schon die ganze Zeit, er solle endlich mal was mit diesem Zimmer machen.

★★★

Bei Dad und Lindy zu wohnen war ein Albtraum. Ich hätte es wissen müssen – schließlich hatte es schon genug Warnsignale gegeben. Erstens war Lindy bei sich zu Hause nicht annähernd so nett wie außerhalb des Hauses. Wenn ich das Geschirr spülte, nahm sie die Teller und das Besteck vom Abtropfbrett und wusch alles noch einmal ab. Außerdem lief sie immer mit einem Untersetzer hinter mir her, und im Kühlschrank waren Sachen, die man essen konnte, während man andere Sachen nicht anfassen durfte, aber Lindy erklärte mir nie, welche Sachen verboten waren und welche nicht. Deshalb machte ich ständig alles falsch.

Alle zwei Tage verkündete sie, dass sie und Dad ein »bisschen Zeit für sich« bräuchten, als hielte sie mich für eine Dreijährige, und dann zogen die beiden sich ins Schlafzimmer zurück, machten die Tür zu, und ich hörte, wie sich der Schlüssel im Schloss drehte.

Es war also alles absolut scheußlich.

Außerdem küssten sie sich immer mitten auf

den Mund, in der Küche. Während ich am Tisch saß und Tee trank oder irgendwas.

»Dad«, begann ich, nachdem ich es vier Tage vor mir hergeschoben hatte.

»Dad - ehrlich, ich kann gut zu Hause wohnen. Kein Problem! Wenn du willst, kannst du ja immer mal vorbeischauen und nachsehen, ob alles klappt.«

Aber davon wollte Dad nichts hören, und Lindy tat so, als wäre sie seiner Meinung - obwohl sie garantiert froh gewesen wäre, mich loszuwerden.

»Willst du etwa nicht hierbleiben? Kann unser Haus nicht eine Zeitlang dein Zuhause sein?« Dad zog verwundert die Augenbrauen hoch und schien überhaupt sehr gekränkt.

»Es ist klasse hier«, log ich. »Aber ich will keinem zur Last fallen.«

»Sei nicht albern, Minty, du fällst doch niemandem zur Last«, meldete sich Lindy zu Wort, hob meinen Teebecher hoch und wischte mit einem Lappen die Tischfläche darunter trocken.

★★★

Es gab aber auch angenehme Dinge mit einer Mutter im Krankenhaus und einem frisch verheirateten Vater. Vor allem: Niemand achtete besonders auf mich. Wenn Dad mich nicht sah, dachte er, ich wäre bei Mum, und wenn Mum mich nicht sah, dachte sie, ich wäre bei Dad. Das war manchmal sehr praktisch.

★★★

Im Krankenhaus war es viel zu heiß. Bei Dad und Lindy war es so supersauber, dass ich nie wusste, wo ich mich hinsetzen durfte. In der Schule war es okay, doch aus irgendeinem Grund benahmen sich meine Freunde mir gegenüber ziemlich komisch, und ich hatte keine Lust herauszufinden, was los war.

Aber Ned – ich wusste, dass ich mich auf ihn verlassen konnte. Mit Abstand am schönsten war es in Nettlebog. Dort war alles wie immer. Außerdem mussten die Pferde bewegt und versorgt werden, und Ned sagte, er brauche meine Hilfe.

Ich lernte alles über Pferdepflege: füttern und striegeln und die Pferde aus dem Schuppen führen und sie tränken. Und ich gehörte immer mehr zu Phoebe.

Jedes Mal, wenn ich kam, merkte ich daran, wie sie nickte, mit dem Schweif schlug und Begrüßungsgeräusche machte, dass sie sich freute, mich zu sehen.

Ned sagte, Phoebe sei bereit für das Ballyross-

Rennen. Er hatte ihren Namen schon eingetragen, und dann teilte er mir mit, dass er meinen Namen ebenfalls eingetragen habe.

»Meinen Namen?«, flüsterte ich. »Für das Ballyross-Rennen? Glaubst du wirklich, dass ich das schaffe?«

»Ja«, antwortete er. »Du schaffst es nicht nur – du kannst sogar einen Preis gewinnen.«

Ich glaubte ihm nicht. Ich hatte beobachtet, wie er auf Daggers Rücken tanzte und dahinflog. Ich wusste, was er konnte, und es schien mir total unvorstellbar, dass ich je so gut sein würde.

»Ich fürchte, das kann ich nicht«, sagte ich zu ihm, und eine Welle der Angst, die tief aus meinem Inneren kam, überschwemmte mich.

»Noch nicht. Aber du kannst es, wenn du den Test gemacht hast. Also – auf geht's, wir müssen üben.«

»Welchen Test soll ich machen? Wovon redest du?«

»Komm mit, dann erfährst du es bald genug. Aber beeil dich. Wir müssen uns an den Zeitplan halten.«

Ich war froh, obwohl ich keinen Schimmer hatte, wo wir jetzt hingingen und was er geplant hatte.

Ned half mir auf Phoebe und schwang sich dann mühelos auf Dagger. Wie ich ihn um diese

Fähigkeit beneidete! Er grub die Fersen in Daggers Seiten, ich machte das Gleiche bei Phoebe, und unsere beiden genialen Pferde begannen zu traben. Sie waren unglaublich guter Laune und voller Vorfreude, was mir das Gefühl gab, dass ich die Einzige war, die nicht wusste, was als Nächstes passieren würde.

»Wohin reiten wir? Was kommt jetzt?«

»Ha!«, rief Ned. »Es ist doch kein richtiger Test, wenn ich dir vorher die Antwort verrate. Du darfst auf keinen Fall – auf gar keinen Fall! – wissen, was dich erwartet.«

»Gib mir doch wenigstens einen Hinweis!«

»Wer beim Ballyross mitmachen will«, rief er, »muss lernen, eine ganz bestimmte Richtung einzuschlagen, auch wenn praktisch alle anderen wollen, dass man eine andere Richtung wählt.«

Wenn ich gewusst hätte, was er meinte, wäre ich ihm wahrscheinlich nicht gefolgt.

★★★

Ned hat mir sehr viel beigebracht. Zum Beispiel, dass man selbst entscheidet, wie man die Welt sieht. Du allein entscheidest, welche Version der Welt du haben möchtest. Es kommt nur auf dich an.

Alle Leute hatten irgendwie Mitleid mit mir. Vielleicht bemitleidete ich mich sogar selbst ein bisschen. Die Krankenschwestern und Ärzte in der Klinik machten immer betont ernste und traurige Gesichter, wenn sie mich anschauten - und sie fragten mich dauernd, wie es mir gehe. Ich weiß, das war deswegen, weil Mum und ich von meinem Dad verlassen worden waren und weil meine Mum dann die Treppe hinuntergefallen war.

Man muss nicht immer akzeptieren, wie die anderen einen sehen. Es ist spannender, wenn du deine eigene Version von dir erfindest. Du entscheidest auch bei dir, welche Version du haben willst.

★★★

Wir landeten beim Callow Green. Der Park liegt mitten im Zentrum von Ballyross. Drumherum ist ein superstrenges Einbahnsystem. Und die Leute hier drehen völlig durch, wenn man auch nur *versucht*, die Straße an der falschen Stelle zu überqueren, wegen des Autoverkehrs und weil die Straßenbahn alle fünf Minuten hält.

»Ruhig bleiben«, rief mir Ned zu.

Fünfmal musste ich um den Park herum galoppieren. Die Zahl war aber noch nicht das Entscheidende. Phoebe musste schnell sein, klar -

was kein Problem war, und ich war ja inzwischen auch eine ziemlich gute Reiterin. Die eigentliche Herausforderung war, dass Ned mich zwang, in die falsche Richtung zu reiten.

»Komm schon!«

»Wir kriegen Ärger!«

»Nein, bestimmt nicht.«

»Es ist gefährlich.«

»Nein, ist es nicht. Man braucht nur Mut – und es ist ein Test. Du wirst dadurch noch besser. Und das willst du doch, oder?«

★★★

Es gab kein Wettrennen zwischen einem Pferd und einem Polizeiauto mitten in einer Ortschaft. Wir waren längst verschwunden, bevor jemand kapierte, was abging. Die Sirenen hörten wir nur noch aus der Ferne.

Wir waren schon wieder in Nettlebog und tranken Tee. Ned lachte sich schief, und Gran sagte: »Ha, ich sehe zwei Gesichter vor mir, die heute ein Abenteuer erlebt haben. Was habt ihr denn gemacht?«

»Nichts Besonderes«, antwortete Ned. »Ich habe nur Minty und Phoebe beigebracht, wie man galoppiert.«

Und Gran sagte: »Dann seid ihr bestimmt sehr hungrig. Wie wär's mit einem Käse-Tomaten-Sandwich?«

Das fanden wir beide super.

Der kleine Ofen im Wohnwagen der Buckleys brummte vor sich hin. Wir tranken unseren Tee und aßen unsere Sandwiches, und Gran erzählte von früher, von den Pferderennen, die Neds Vater alle gewonnen hatte.

»Und jetzt?«, fragte ich.

»Jetzt bist du so weit«, erwiderte Ned.

23

Alle Schüler aus unserer Klasse gingen zum Ballyross-Rennen, sogar Brendan, und Serena kam auch. In ihrem kleinen roten Auto schaukelte sie die Straße entlang.

Angeblich nahmen heutzutage nur Proleten und Schläger an dem Rennen teil. »Okay«, meinte Ned, »die Reiter sind vielleicht eher ungeschliffene Edelsteine, und vielleicht sind auch ein paar Gauner dabei, und die meisten stammen garantiert nicht aus den vornehmsten Vierteln, aber sie verdienen trotzdem Respekt. Weil sie eine kühne und edle Tradition am Leben erhalten.«

Die Arena am anderen Flussufer war früher mal sehr berühmt. Und zwar auf der ganzen Welt. Das Rennen war spektakulär. Inzwischen ist die Bahn ziemlich heruntergekommen. Sie wird nicht gepflegt. Aber ein Rennen ist ein Rennen, und egal, an wie vielen man teilnimmt – das erste vergisst man nie.

★★★

Wenn Leute, die dabei waren, später die Geschichte erzählten, kam es mir immer vor, als würden sie alles nur erfinden und irgendwelche Mythen und Märchen zusammenspinnen. Ihre Stimmen wurden leiser und tiefer als sonst, ihr Blick verschwamm und schweifte in die Ferne, so wie das manchmal ist, wenn Menschen sich an etwas ganz Tolles erinnern oder an einen wunderbaren, geheimen Ort denken, von dem sie noch nie erzählt haben.

Das Rennen dauerte nur ungefähr anderthalb Minuten. Die Geschichten darüber dauerten manchmal einen ganzen Nachmittag. Aber für uns und für die anderen Reiter und für die phantastischen Pferde, die wir ritten – für uns fühlten sich diese wilden, kurzen Sekunden an, als stünde die Zeit still.

★★★

Wenn über das Ballyross-Rennen gesprochen wurde, konnte man sicher sein, dass Ned Buckley in den Berichten vorkam.

Bevor das Rennen losging, standen viele Jugendliche herum, die ich noch nie gesehen hatte, alle ziemlich groß. Sie gaben einander die Hand und drehten sich dann weg, um sich ihren Pferden zu widmen. Ich weiß noch, dass ich mich plötzlich total mickrig und mager fühlte. Sogar Ned wirkte klein neben diesen Reitern, von denen er sagte, sie seien aus dem Nichts aufgetaucht, um gegen ihn anzutreten, als bekanntwurde, dass er mitmachte. Sein Gesicht war verschlossen und hochkonzentriert. Falls er auch nur das geringste bisschen Angst hatte, konnte man es ihm jedenfalls nicht ansehen.

»Schau ihnen nicht in die Augen«, sagte er leise zu mir. Beim Sprechen bewegte er kaum die Lippen. »Wenn es so weit ist, schwingst du dich auf Phoebe, so wie immer. Blick dich nicht um, achte nur auf den Kurs – immer geradeaus. Du hast den Test bestanden. Du bist immer weitergaloppiert, obwohl hinter dir schon die Sirenen geheult haben – daran musst du denken. Das hier ist im Vergleich ein Kinderspiel.«

Und nach einer kurzen Pause fügte er noch hinzu: »Hör zu, Minty – wenn du gewinnen willst, musst du als Allererstes vergessen, dass du gewinnen willst. Konzentriere dich nur auf das Reiten. Die Menschen stellen sich ständig selbst irgendwelche Fallen, jede Minute, jeden Tag, aber ganz besonders in solchen Situationen: wenn man sich etwas wünscht und es unbedingt haben will. Denke nicht an die Ziellinie. Achte nur auf das Hier und Jetzt. Der Rest kommt ganz von alleine.«

Ich hatte recht gehabt. Ned wusste Dinge, die sonst keiner wusste. Es war ein tolles Gefühl, dass er mir ein paar dieser Dinge erklärte.

Von den Zuschauern kamen provozierende Rufe, und die nervösen Pferde warfen ihre Schweife hin und her und schnaubten und trampelten auf dem Gras herum.

»Hey, hey, Ned Buckley! Schön, dich zu sehen, Sir! Wie geht's mit den Büchern? Kannst du inzwischen rechnen? Hat dir jemand beigebracht, wie man addiert? Und kannst du schon lesen?«

Ich kannte diesen rothaarigen Kerl mit dem runden Gesicht. Es war Martin Cassidy. Seine Familie war gar nicht weggezogen. Oder falls sie doch woanders wohnten, waren sie extra hergekommen. Danach zu urteilen, wie Martin sich aufführte, war sein Steißbein gut verheilt.

»Dann machst du also doch mit. Anscheinend hast du nicht viel dazugelernt, seit wir uns das letzte Mal gesehen haben, wenn du denkst, du hast eine Chance«, spottete Martin.

Ned spuckte auf den Boden und schaute an Martin vorbei, als wäre er Luft.

Ich versuchte, mich ganz auf mich selbst zu konzentrieren, aber jeder Zuruf, jeder Jubel löste bei mir das Gefühl aus, als würde ich das Gleichgewicht verlieren.

»Vergiss nicht, was ich dir gesagt habe, Minty«, flüsterte Ned mir zu. »Die Leute werden versuchen, dich durcheinanderzubringen. Aber keiner kann das schaffen, wenn du es nicht zulässt. Also – immer nach vorne blicken! Es ist ein Spiel. Du entscheidest, wie dieses Spiel gespielt wird, nicht die anderen.«

Aber die anderen Reiter wurden nicht nach oben geschleudert, während ihre Pferde unruhig am Start herumtänzelten – oder jedenfalls nicht so, wie es sich bei mir anfühlte.

Ned schwang sich auf Dagger, und einen Augenblick lang erfüllte mich wieder dieses schreckliche Unwohlsein, das einen überkommt, wenn man sich komplett fehl am Platz fühlt.

»Was hast du? Was ist los?«

»Ich gehöre nicht hierher«, murmelte ich. »Ich schaff das nicht. Nie im Leben. Ich kann sowieso unmöglich gewinnen.«

»Minty«, ermahnte mich Ned. »Willst du, dass diese Typen hier gewinnen, noch bevor das Rennen angefangen hat?«

Ich atmete ein paarmal tief durch.

»Nein.«

»Also – bist du dabei?«

»Ja, Ned – ich bin dabei.«

Und er sagte: »Sehr gut. So soll es sein.«

Sogar Brendan war da, und wie sich herausstellte, hatte er das Zeug zu einem erstklassigen Buchmacher. Er hatte den Vormittag damit verbracht, sich allen Leuten vorzustellen, mit seinem zerfledderten alten Notizblock in der Hand und einem Bleistiftstummel hinterm Ohr. Bei Ned machte er fifty-fifty, bei mir sechshundert zu eins.

»Die Zahlen musst du ignorieren – die haben nichts zu bedeuten. Sie sind nichts als ein paar Nummern im Kopf eines Spinners. Sie sind nur wichtig, wenn du's ihnen erlaubst. Dieses Rennen gehört dem, der es verdient, und das ist derjenige, der den Kopf behält.«

Der Countdown lief. Schluss mit Reden. Ein winzig kleiner Junge riss die Arme in die Höhe. Neds Augen fixierten einen Punkt direkt vor ihm. Wild entschlossen galoppierte er los, die Hände in Daggers glänzende Mähne gekrallt. Kein Sattel. Keine Steigbügel. Keine Angst.

Ich folgte ihm.

Viele Reiter können sich nicht an die Rennen erinnern, an denen sie teilgenommen haben. Bei mir ist das auch so – jedenfalls was den Anfang des Ballyross betrifft. Aber das letzte Stück werde ich wahrscheinlich mein ganzes Leben lang im Gedächtnis behalten, jeden Hufschlag. Jeden Schrei, jeden Knall.

Ich sah, dass Ned nichts davon mitkriegte, so wie er auf seinem Pferd kauerte. Es war ein Lärm, der nicht klang wie normales Stimmengewirr – dabei setzte er sich aus den Zuschauerstimmen zusammen.

Ich blieb auf der ganzen Strecke hinter Ned. Die anderen Reiter sah ich gar nicht. Ich hatte keine Ahnung, wie weit wir sie hinter uns gelassen hatten.

Ned gewann. Ich war Zweite, und als wir die Ziellinie überquerten, kamen ganz viele Leute auf uns zu, um uns die Hand zu schütteln und unsere Pferde zu tätscheln.

Brendan war blass vor Schreck. Als wäre er der große Verlierer, obwohl er gar nicht teilgenommen hatte. Offenbar hatte er sein ganzes Geld verwettet.

Wie sich herausstellte, hatten alle auf Martin Cassidy gesetzt. Martin schrie irgendwas zu uns herüber. Vielleicht habe ich mich getäuscht, aber für mich sah es aus, als hätte er tatsächlich Tränen in den Augen.

»Ned Buckley und dieses mickrige kleine Mädchen?«, schrie er immer wieder ungläubig. »Die zwei und ihre jämmerlichen Pferde?«

Ned war von Dagger abgestiegen und ging langsam auf Martin zu.

»Pech gehabt, Marty.« Ned streckte die Hand aus. Diesmal war es Martin, der auf den Boden spuckte. Er starrte finster vor sich hin, dann wurde er von ein paar Typen aus seiner Gang umringt, die uns noch jede Menge böse Blicke zuwarfen, ehe sie in der Menschenmenge untertauchten.

★★★

Orla hatte nach ein paar Stunden das Video bei YouTube hochgeladen. Als wir es anschauten, hatte es schon tausenddreizehn Klicks.

»Wir werden berühmt«, sagte ich.

»Ihr seid schon berühmt!«, entgegnete Dougie und schaute zuerst uns an, dann auf den Bildschirm. Ein Reporter war da gewesen. Von einem Fernsehsender. Sie brachten einen Nachrichtenbeitrag über uns.

★★★

Pferde, zehn an der Zahl – die wildesten, räudigsten Tiere, die man je zu Gesicht bekommen hat –, tänzelten nervös am Start. Aus ihren Nüstern stieg Dampf auf, als wäre es mitten im Winter. Ein winziger, zappeliger Junge in einem T-Shirt hielt einen weißen Stofffetzen hoch, während zwei etwas ältere Jungs, aufgeplustert und stolz auf ihre

Autorität, die unruhige Reihe der Rennteilnehmer beaufsichtigten. Streng ermahnten sie die Reiter, ja hinter der Linie zu bleiben, und gaben einander Zeichen zum Countdown.

Überall Menschen, in den Gräben neben der matschigen Rennbahn, in den schiefen Bäumen am Rand der Strecke. Die Leute lehnten sich aus den kaputten Fenstern der hohen Wohntürme in der Nähe, sie hingen an Laternenpfählen und Regenrinnen. Und alle warteten darauf, dass die weiße Fahne den Beginn des Rennens signalisierte.

Dann wurde es mucksmäuschenstill. Man hätte eine Stecknadel fallen hören. Ein absolut feierlicher Augenblick, bis auf das Heulen einer Sirene in der Ferne. Das Trappeln der ungeduldigen Hufe klang wie wilder Trommelschlag.

Der Junge im T-Shirt hob die Hand, so hoch er konnte, und wedelte mit dem weißen Tuch.

Mit Gedränge und Getöse legten die Pferde los, und die Stille, die sich Sekunden vor dem Start über alles gelegt hatte, ging über in einen ohrenbetäubenden Aufschrei.

★★★

Kurz zeigte die Kamera Neds Gesicht, als er und Dagger vorbeisausten, und man konnte sehen, dass er genau das machte, was er mir gesagt hatte. Er wollte nichts, wünschte sich nichts, hoffte auf nichts, nein, er saß einfach nur auf seinem Pferd. Er gab sein Bestes, nicht mehr und nicht weniger.

Die Kamera folgte den Pferden, und es war Ned, der vorne an der Spitze blieb, sein Pferd flog vor den anderen her. Die übrigen mühten sich ab, doch sie hatten nie eine Chance. Die Kamera konzentrierte sich ganz auf Ned und Dagger, als würde sie sich für sonst niemanden interessieren, bis zum Schluss, bis Ned gewann und von der hysterischen Menge in Empfang genommen wurde.

Die Augenblicke der Atemlosigkeit und der Erschöpfung, die nun folgten, waren eine Art himmlisches Glück. Ich wollte mit keinem reden, keinem zulächeln, keinen anschauen – nur Ned.

»Diese Pferde! Sie sind ein Geschenk. Sie sind magisch. Weißt du das?«

»Mir brauchst du das nicht zu sagen«, erwiderte er. »Ich weiß das schon lange. Sie sind total genial – auch wenn wir nicht gewonnen hätten.«

Mich überkam ein Gefühl, das ich noch nie im Leben gehabt hatte. Gran erklärte uns später, was das war. Es war »die Freude des Außenseiters, des Underdogs«, ein Gefühl, als würde man schweben. Dieses Gefühl hat man, wenn man bei einem Rennen Zweiter ist, obwohl alle Leute vorher gedacht haben, man hat keine Chance und schafft es garantiert nicht mal ins Ziel.

»Das war wirklich toll, stimmt's?«

»Ja«, sagte ich, »sogar supertoll.«

»Unsere Pferde sind ein echtes Wunder.«

»Ja, und ihr habt gewonnen, ihr und eure Wunderpferde.«

»Stimmt«, sagte Ned. »Eine Weile habe ich schon befürchtet, du könntest mich überholen.«

»Ich hatte doch nie eine Chance.«

Ich grinste ihn an. Er grinste mich an.

★★★

In der Schule waren wir jetzt die großen Helden. Serena sah das auch so.

Alle umringten uns. Dougie zerwuschelte Neds Haare, dann hoben er und Mark Baker ihn auf ihre Schultern. Ned war viel zu verdutzt, um sich zu wehren. Und dann hoben Orla und Laura mich ebenfalls hoch, und die vier trugen uns herum. Es war ein bisschen wackelig. Ich sah den Staub und die toten Fliegen und ein altes Papierflugzeug auf den hohen Fenstersimsen, und ich konnte direkt auf den Parkplatz und den Schulhof hinausblicken.

Ned hatte recht: Das war wieder eine Geschichte, die ich erzählen konnte. Und wenn man so eine Geschichte erst mal hat, kann sie einem keiner mehr wegnehmen, egal, was kommt.

Zwischen all den Hurrarufen und dem Geklatsche schaute ich hinüber zu Ned, und er schaute zu mir und lächelte sein Ned-Lächeln. Alle jubelten noch ganz schön lange, und wir blieben hoch oben auf ihren Schultern sitzen, und ich sah die ganze Zeit Ned an und sein Gesicht. Sein schönes Gesicht.

★★★

Ich hätte wissen müssen, dass es nicht ewig so weitergehen konnte. Wir wurden ins Büro von Mr Carmody gerufen. Er machte Ned nichts als Vorwürfe: Er sagte, er habe die Entwicklung verfolgt, zuerst mit Sorge, dann mit wachsender Verärgerung. Er kenne die ganze Geschichte, deshalb sei es sinnlos, wenn wir versuchten, etwas zu leugnen, falls wir das vorhaben sollten.

Er sagte, die jüngsten Ereignisse hätten ihn sehr beunruhigt. Angeblich hatten sich verschiedene Eltern an ihn gewandt und ihn darauf hingewiesen, dass Ned Buckley einen sehr negativen Einfluss auf die anderen Kinder ausübe. »Wie Gift«, so drückte er sich aus.

»Es gibt einen Schüler, dessen Namen ich hier

nicht nennen will, und dieser Schüler wurde zu extrem schmutzigen Aktivitäten verführt, als eine direkte Folge des Rennens, an dem ihr zwei teilgenommen habt. Sein Vater hat das ganze Geständnis aus ihm herausgeholt. Glücksspiel! Minty, kannst du dir so etwas vorstellen? Er hat eine beträchtliche Geldsumme verloren. Geld, das er eigentlich für seine Sommerreise hätte sparen sollen.«

Es störte mich nicht, dass Mr Carmody so wütend war. Ich konnte seine Reaktion irgendwie verstehen. Aber es nervte mich unglaublich, dass Ned und ich an Brendans Wettpech schuld sein sollten. Dafür konnten wir nun wirklich nichts. Trotzdem war es lustig, dass Brendan offenbar sein letztes Hemd verspielt hatte.

»Falls Sie von demselben Schüler sprechen, an den ich jetzt gerade denke, dann müssen Sie wissen, dass dieser Schüler sogar bei einem Rennen zwischen zwei Fliegen, die eine Wand hinaufkrabbeln, sein ganzes Geld verlieren würde«, sagte Ned. Wir bemühten uns, nicht zu lachen, aber so ganz gelang es uns nicht.

Wenn ein schlechter Einfluss beginnt, seine giftigen Dämpfe zu verbreiten, und diese Dämpfe von einem Schüler auf den anderen übergehen, dann passieren schlimme Dinge, und Mr Carmody wollte Ned ein für alle Mal klarmachen, dass er dies nicht duldete.

»Diesmal muss ich mit deinen Eltern sprechen, Minty.« Er seufzte und musterte mich aufmerksam. Vermutlich erwartete er, dass ich in Tränen ausbrechen würde oder so etwas.

»Meine Mutter liegt im Krankenhaus, weil sie operiert werden musste, und mein Vater ist zu Hause, aber ich will es Ihnen ganz ehrlich sagen – mental ist er immer noch in den Flitterwochen, die vielleicht nie zu Ende gehen werden. Deshalb ist es im Moment etwas schwierig, mit meinen Eltern zu sprechen.«

Egal, ob schwierig oder nicht, verkündete Mr Carmody, entscheidend war eins: »Die Pferde-Sache ist untragbar.«

Er begann, mit einem Apparat auf dem Schreibtisch seinen Bleistift zu spitzen. Der Apparat machte beim Drehen verblüffend viel Krach, deshalb konnte man nicht alles verstehen, was er sagte. Dann nahm er den Stift heraus, inspizierte die Spitze, hielt sich den Stift dicht vors Gesicht und pustete. Eine gelbliche Feinstaubwolke senkte sich auf den Schreibtisch.

»Minty, normalerweise bist du eine Schülerin, auf die man sich verlassen kann, aber in den letzten Wochen ist irgendetwas mit dir passiert.

Du musst wissen, dass kein Mensch über den Regeln steht. Wenn ich mich mit deinen Eltern treffe, dann muss ich mit ihnen eine Reihe von Optionen und Vorgehensweisen erörtern. Ich werde sie morgen früh anrufen.«

Mein Vater würde bestimmt nicht ans Telefon gehen. Er nahm nie ab. Im Krankenhaus war alles total kompliziert, und wenn er versuchte, zu der Station vorzudringen, auf der Mum lag, dann ließen ihn die Schwestern eine halbe Stunde in der Warteschleife – bis er aufgab.

»Okay«, sagte ich mit möglichst zerknirschter Miene. »Wahrscheinlich haben Sie recht, Mr Carmody. Es ist das Beste, wenn Sie meine Eltern anrufen.«

24

Am nächsten Vormittag herrschte auf dem Flur ein ungewohnter Lärm. Und so eine Stimmung, bei der man sofort merkt, dass irgendwas nicht stimmt, noch bevor man weiß, was eigentlich los ist.

Serena war fort.

»Was ist mit Serena passiert?«, fragte Laura. Man hörte ihr an, dass sie cool klingen wollte, aber sie war genauso durcheinander wie alle anderen auch.

Mr Carmody gab uns keine Antwort. Er sagte nur: »Serena hat die Schule verlassen und kommt nicht zurück, basta.«

Kein Brief, keine Vorwarnung.

»Aber wir haben uns gar nicht von ihr verabschiedet!«, rief Dougie, der sonst nie so traurig aussah wie jetzt. »Wo ist sie hin?«

»Wo früher oder später alle Besucher wieder hingehen – dahin, wo sie herkommt«, erklärte Brendan.

★★★

Es war ein Tag voller unvorhersagbarer Dinge. Am Abend rief Mum mich bei Dad an. Schon das Telefon kam mir beunruhigend laut vor. Sie sagte, es gehe ihr viel besser - höchste Zeit, aufzustehen und den Rest des Lebens in Angriff zu nehmen.

»Ich habe wieder Kraft, und die Ärzte haben mir versichert, es kann mich nichts daran hindern, sofort nach Hause zu gehen, wenn ich dazu bereit bin.«

Diesmal hatte ich den Eindruck, das könnte stimmen. Und wenn noch nicht gleich, dann bestimmt bald.

»Ach, und übrigens, noch was - weshalb will Mr Carmody so dringend mit mir sprechen?«, fragte sie.

»Keine Ahnung«, antwortete ich.

★★★

Sie hätten es ja sowieso erfahren.

Ned hatte mich angerufen und gesagt, ich solle Sky anmachen. »Über uns wird in den internationalen Nachrichten berichtet, Minty!« Ich raste zur Fernbedienung, die auf dem Sofa von Dad und Lindy lag.

Früher war das Rennen ein renommiertes, hoch angesehenes lokales Ereignis, aber inzwischen wissen viele Mitglieder der Mehrheitsgesellschaft nichts mehr davon. Trotzdem bleibt es hierzulande ein Phänomen, sagte der Reporter, *ein Statussymbol für bestimmte junge Menschen in der Kleinstadt Ballyross. Kinder, die es schaffen wollen, starke, gefährliche Tiere zu bändigen … In den Ritualen solcher Rennen steckt ein hoher Symbolgehalt … Man muss sie im Kontext betrachten … Die Jugendlichen suchen Bestätigung. Sie wollen die Kontrolle haben in einer Welt, die sich für sie oft chaotisch und unsicher anfühlt und in der sie nichts zu melden haben. Ein solches Rennen ist für sie so etwas wie das perfekte Gegenmittel … Man sieht es auf einen Blick: Hier fühlen sie sich wie Könige.*

Und genau in dem Moment hörte ich den Schlüssel im Schloss. Es war Dad. Jemand ging hinter ihm, aber es war nicht Lindy. Es war Mum! Mit grauem Gesicht humpelte sie hinter ihm her. Ich machte den Fernseher aus.

»Mum – was tust du hier?«

Dad trat neben sie, und einen Augenblick lang dachte ich, gleich eröffnen sie mir, dass sie wieder zusammen sind. Aber das stimmte natürlich nicht.

»Setzt euch doch bitte hin, ihr zwei«, sagte ich

mit einem verkrampften Lächeln. »Ihr macht mich ganz nervös.«

Sie setzten sich nebeneinander aufs Sofa, fast mit Körperkontakt, aber nicht ganz, und sie schauten mich an, als hätten sie schlechte Neuigkeiten.

Und dann drehten sie durch, beide gleichzeitig.

★★★

»Wir haben gar nicht gewusst, dass du so wild geworden bist ...«

»Hör zu – ich weiß ja, dass das alles nicht leicht ist für dich. Wir haben alle in letzter Zeit viel durchgemacht, kann man sagen ...«

»Aber das können wir nicht hinnehmen, Minty. Wir machen uns große Sorgen.«

Sie berichteten, was Mr Carmody über mich und mein Verhalten gesagt hatte. Dass Ned und ich die Rädelsführer seien. Angeblich hatten wir die anderen Schüler auf das Gelände des alten Pferderennplatzes gelockt – *gelockt!* –, also zur Fabrikruine in Nettlebog, wo illegale Pferderennen mit wilden Pferden stattfanden und außerdem noch illegale Wetten. Wir hatten unsere Mitschüler aufgehetzt und sie in einen kriminellen Fieberrausch versetzt.

»Mum, Dad – das stimmt doch alles nicht! Man kann keinen einzigen Schüler aus meiner Klasse irgendwohin locken. So sind die nicht, keiner von ihnen, und schon gar nicht Brendan Kirby. Der tut nämlich immer nur genau das, was er tun will. Alle sind freiwillig zum Ballyross-Rennen gegangen. Mr Carmody hat null Ahnung! Und Serena Serralunga war die beste Lehrerin, die wir je hatten. Er hat alles total missverstanden.«

Aber sie wollten mir ganz offensichtlich nicht zuhören.

Das war ihre Version der Geschichte: Ich hatte die Schule in Verruf gebracht. Ein YouTube-Clip über die ganze Sache hatte sich wie ein Virus verbreitet. Das Ansehen der Schule ging den Bach runter, und außerdem brachte ich mich selbst und andere in Gefahr.

Mr Carmody hatte ihnen gesagt, sie müssten gründlich darüber nachdenken, was für mich das Beste sei. Er selbst sah sich verpflichtet, das Wohl der ganzen Schule im Auge zu behalten, und zu seinem Job gehörte es nun einmal vorrangig, das übergeordnete Gut zu schützen – und wir übten bedauerlicherweise einen sehr negativen Einfluss auf alle aus. Wir – das waren Ned Buckley und ich.

»Das wäre ja nicht so schlimm, aber es ist leider

noch nicht alles, Minty«, sagte Dad. Er starrte erst auf seine Fingernägel, dann schaute er mich an. »Wir hätten dieses Verhalten vielleicht als ein paar Ausrutscher abtun können, aber leider haben wir noch etwas anderes erfahren.«

»Was?«, fragte ich. »Was habt ihr erfahren?«

»Minty – ich habe einen Anruf von Petie Farrells Frau bekommen, die vor ein paar Wochen am Callow Green war. Sie hat erzählt, dass sie dich dort gesehen hat, dich und einen ziemlich ungepflegt aussehenden Jungen – ich kann nur vermuten, es war Ned.«

Mum wurde noch bleicher und schlug erschrocken die Hand vor den Mund.

»Mrs Farrell hat ihren Augen nicht getraut – sie hat dich mit diesem Jungen gesehen, und ihr seid ohne Sattel um das Callow Green herum galoppiert, aber in der falschen Richtung, und hinter euch her kam ein Polizeiwagen, mit heulender Sirene! Minty, bitte, ganz ehrlich – stimmt das?«

»Mum!« Ich schaute meine Mutter flehentlich an. »Du kennst Ned. Du weißt doch, was für ein Mensch er ist.«

Aber Dad ließ sich nicht von seiner Fragerei abbringen, nachdem er einmal in diesen Modus geschaltet hatte.

»Ist dir eigentlich klar, wie *empörend* so ein Verhalten ist? Was, um Himmels willen, hat dich dazu getrieben, so was zu tun?«

Ich antwortete, ich hätte es getan, weil ich mich dadurch besser fühlte. Weil es mir dadurch gutging. Weil es ein tolles Gefühl war.

Meine Eltern sagten, ich hätte es ihnen erzählen sollen. Sie sagten, es wäre ihnen lieber gewesen, sie hätten das nicht von anderen Leuten erfahren müssen. Sie sagten, ich hätte das nicht für mich behalten dürfen. Und ich sagte: »Ja, klar, aber es gibt jede Menge Dinge, die *ihr* nicht für euch behalten solltet, und aus irgendeinem Grund tut ihr es doch.«

Da saßen sie nun, die beiden, mit bitterernsten, versteinerten Gesichtern, und dann sagte mein Vater ganz langsam und mit betrübter Stimme:

»Minty, wie ist es möglich, dass du dich besser fühlst, wenn du so etwas machst? Was ist so schrecklich an deinem Leben, dass du dich dermaßen danebenbenehmen musst?«

Gleich danach habe ich die Fernbedienung zertrümmert. Sie war das Erste, was ich in die Finger bekam, und ich habe sie gegen die Wand geschleudert. Sie zerbrach in tausend Stücke, die wie Granatsplitter durch die Luft sausten.

»Minty!«, rief Dad.

Mum sagte, sie habe keine Lust weiterzureden,

wenn alle so wütend sind, und ich wusste natürlich, dass sie mich meinte. Sie richtete sich mühsam auf und humpelte mit ihren Krücken zur Tür.

»Bleib hier!«, schrie ich. »Lauf nicht immer vor allem davon. Bleib hier und setz dich endlich mit mir auseinander.«

»Minty, bitte – das ist unfair«, sagte Dad.

»Unfair? Du bist doch derjenige, der uns im Stich gelassen hat, Mum und mich, und du willst mir was von unfair erzählen? Ich hoffe, du freust dich, dass du mein Leben ruiniert hast.«

»Minty, ich habe dein Leben nicht ruiniert. Das stimmt doch gar nicht. Ich gebe mir die größte Mühe, alles irgendwie ins Lot zu bringen, damit es klappt.«

»Tja, es klappt aber leider nicht.«

Ich war nicht mehr zu bremsen. Ich sagte, wie sehr ich Lindy hasse und dass ich überhaupt nicht verstehe, wieso er sie geheiratet hat, und dass ich nur auf der Hochzeit war, um alle bei Laune zu halten. Außerdem verkündete ich, dass ich von nun an selbst für mich sorgen werde, weil auf sie ja sowieso kein Verlass sei. Ich sagte noch viel mehr, und dann brach ich in Tränen aus.

»Minty – hör mir bitte ganz genau zu. Also: Ich gehe jetzt aus dem Zimmer und rede draußen mit deiner Mutter. Und wenn wir wieder reinkommen, dann erwarten wir, dass du dich beruhigt hast.«

Ich kickte die Bruchstücke der Fernbedienung durch die Gegend. Ich schrie. Meine Eltern besitzen diese unangenehme Fähigkeit, so zu tun, als würden sie total ruhig bleiben, selbst wenn sie mit hemmungsloser Verzweiflung konfrontiert sind.

★★★

Sie ließen mich eine Viertelstunde allein, und komischerweise funktionierte die Methode. Der riesige Berg meiner Wut schrumpfte ein wenig, und dann kamen sie zurück. Mum hatte eine Kanne Kamillentee gekocht, als könnte man damit alle Probleme lösen.

Die beiden sagten, es gebe nur ein Mittel, und sie seien sich einig, dass es das einzig Richtige für mich ist, ob es mir nun passt oder nicht. »Wir haben beschlossen, dass du Ned nicht mehr sehen darfst. Ned Buckley ist tabu.«

»Was soll das heißen?«

»Minty, Ned ist schuld an einer ganzen Serie von Problemen. Und du weißt genau, wovon wir reden.«

»Nein, weiß ich nicht. Was hat Ned getan? Er nimmt an extrem schwierigen Wettkämpfen teil.

Was soll daran falsch sein? Das Einzige, was man ihm vorwerfen kann, ist, dass er die Rennen gewinnt.«

Jetzt machte Mum dieses nervige Gesicht, das sie immer macht, wenn sie etwas erklären will und erwartet, dass man es nicht versteht. »Minty, Ned ist ein Junge, der dir nicht besonders guttut. Ich werde dir etwas über ihn sagen, was streng vertraulich ist. Und ich sage es dir nur, weil ich glaube, dass du es wissen musst. Ich glaube, dann verstehst du alles.«

»Was meinst du?«

»Schätzchen, er ist leider sehr benachteiligt. Er lernt jetzt erst lesen.«

»Und warum soll das für mich wichtig sein?«, schimpfte ich los. »Warum kann ich deswegen nicht mit ihm befreundet sein?«

»Minty, er ist nicht wie du. Er ist anders als alle anderen Kinder in deiner Schule. Er hat ungeheuer viele Probleme, und so jemand ist nicht gut für dich, gleichgültig, wie du selbst ihn siehst, gleichgültig, wie nett du ihn findest. Minty, verstehst du denn nicht, was wir sagen? Wir wollen doch nur dein Bestes.«

»Ha!« Ich lachte – verbittert und erwachsen. »Nur mein Bestes! Das ist ja der absolute Witz! Ihr habt nicht das Recht dazu. Es geht euch nichts an - euch beide. Ihr habt kein Recht, mir vorzuschreiben, mit wem ich befreundet sein darf und mit wem nicht.«

Und die zwei antworteten wie aus einem Munde: »Doch.«

25

»Es ist nur, weil er in einem Wohnwagen lebt, stimmt's?«

»Nein, überhaupt nicht. Der Grund ist, dass dieser Junge offenbar kriminelle Neigungen hat. Und seit du ihn näher kennst, lässt du dich irgendwie davon anstecken.«

»Und dir ist anscheinend gar nicht klar, was an deinem Verhalten falsch ist.«

»Du musst uns vertrauen und mit uns zusammenarbeiten, verstehst du?«

»Ned Buckley ist nicht kriminell. Er ist mutiger und freundlicher als alle Leute, die ich kenne!«

»Er reitet auf diesen wilden Pferden durch die Gegend, Minty – siehst du nicht, dass man das lieber nicht tun sollte? Und er fährt mit dem Van seiner Großmutter herum. Das ist illegal! Er hält sich nicht an die Gesetze.«

»Ich kann es nicht fassen, dass ihr so was sagt. Das hat er doch nur getan, weil es ein Notfall war – habt ihr das schon vergessen? Er wollte dir helfen, Mum, und dich ins Krankenhaus fahren!«

»Du musst das im Kontext sehen.«

Ich erwiderte, dass ich gar nichts im Kontext sehen muss und dass es total absurd ist, so was zu sagen.

Aber zum ersten Mal seit langem waren sich die beiden einig, und ich wusste, dass ich keine Chance hatte, sie umzustimmen. Es war ein Gefühl, als würde sich eine große, schwere Tür schließen – die dann auch noch verriegelt wurde. Ich konnte es hören! Eine Riesentür, die mit lautem Knall ins Schloss fiel. Erbarmungslos.

★★★

Ich schickte Ned eine Nachricht.

Meine Eltern wollen nicht, dass ich dich sehe.

Er antwortete: *Und? Was machst du?*

Ich komme gleich vorbei, schrieb ich.

★★★

Als ich da war, sagten wir beide erst mal eine ganze Weile gar nichts.

»Wahrscheinlich haben deine Eltern recht. Es gibt so viele Sachen, die du nicht über mich weißt.«

Ich lag auf dem federnden Waldboden von Nettlebog. Ned hockte neben mir und starrte aufs Gras, die Ellbogen auf die Knie gestützt.

»Die Welt ist voller Menschen, die nichts kapieren«, murmelte ich.

»Ach, Minty. Sei nicht so streng mit der Menschheit. Sie ist gar nicht so übel«, sagte er und schnippte einen kleinen Stock über die Wiese.

»Du hast gut reden«, seufzte ich.

»Nicht so gut, wie du denkst«, erwiderte er.

26

Jetzt wussten es alle. Ned wurde von der Schule suspendiert. Mr Carmody sagte es Mr Doyle, und Mr Doyle sagte es Brendan, und Brendan sagte es uns.

Ich schrieb Ned eine Nachricht, unter dem Pult.

Minty: *Wo bist du?*
Ned: *Zu Hause.*
Minty: *Carmody hat dich ausgeschlossen.*
Ned: *Ich weiß.*
Minty: *Ich helfe dir. So gut ich kann.*
Ned: *Gut. Halt mich auf dem Laufenden.*

★★★

Ich hatte keine Lust, in eine Schule zu gehen, die Ned nicht haben wollte. Ich glaube, bis zu dem Moment war mir das gar nicht so klar gewesen.

Mr Carmody hatte noch ein paar andere Neuigkeiten für uns. Ich merkte das daran, wie er die Finger ineinander verschränkte und darauf wartete, dass alle still wurden.

»Selbstverständlich ist es mir gelungen, rigoros durchzugreifen und das Treiben in Nettlebog unter Kontrolle zu bekommen. Auf jeden Fall haben wir keine Probleme mehr zu befürchten von dieser … sagen wir mal … von dieser Pferdewelt.«

»Was soll das heißen?«, fragte ich, und während ich diese Frage stellte, spürte ich, wie alles Blut aus meinem Gesicht wich und mir ganz kalt wurde.

Mr Carmody lächelte ein sparsames Lächeln.

»Ich habe die Maßnahme mit Mr Kirby im Stadtrat besprochen. Er schickt ein Team nach Nettlebog, um die Pferde zu konfiszieren.«

Da stand ich auf und ging – ohne auf sein Geschimpfe und seine Ordnungsrufe zu hören.

★★★

Alles verändert sich ein bisschen, wenn man durch den Tunnel von Nettlebog geht, diesen Tunnel mit seinen Verschlingungen und den verdrehten Zweigen. Ich spürte immer, wie etwas mit mir passierte. Meine Beine wurden stark. Was es auch war – es gab mir Kraft. Und Mut.

Ich hörte nicht auf, in die Pedale zu treten, bis ich das Ende der Nettlebog Lane erreicht hatte.

»Ihr müsst weg von hier«, keuchte ich an der Wohnwagentür, außer Atem und mit Nachdruck.

»Ach, Kindchen, was ist denn los?«

»Jemand kommt hierher und nimmt die Pferde mit!«

»Nein, nein, das glaube ich nicht«, sagte Gran. Sie hatte offensichtlich keine Ahnung, wie bedrohlich die Lage war.

»Gran! Du musst mir glauben!«

»Kindchen, beruhige dich. Niemand nimmt die Pferde mit. Dafür werde ich sorgen. Ich hab's noch immer geschafft, diese Leute zur Vernunft zu bringen.«

»Wir haben keine Zeit!«, rief ich. »Du verstehst nicht, wie ernst es ist!«

Ned hingegen war schon richtig in Panik. Er rannte hektisch zum Schuppen, aber Gran schien nichts zu kapieren. Sie seufzte und sagte: »Minty, Ned – ihr müsst euch entscheiden. Wollt ihr reinkommen oder draußen bleiben? Von der Zugluft fallen euch die Beine ab! Also, wenn ihr nichts dagegen habt – ich mache jetzt die Tür zu.« Sie ging in den Wohnwagen, aber ich konnte nicht rumstehen und nichts tun, also hämmerte ich gegen die Tür und schrie, sie solle bitte wieder rauskommen. Ich machte so einen Krawall, dass ich die Geräusche hinter mir gar nicht hörte. Als ich mich umdrehte, sah ich, dass hinter Grans altem Van ein Wagen parkte. Zwei Männer stiegen aus. Und auf dem Wagen stand seitlich in ein Wappen verwoben: *Bezirksverwaltung.*

»Ned Buckley«, rief der Verwaltungstyp. »Wir müssen die Pferde mitnehmen. Sie wissen, dass wir das tun müssen.«

Ned stand vor dem Schuppen. Er hatte einen ganz irren Gesichtsausdruck, aber gleichzeitig hatte man den Eindruck, als hätte er gar nichts gehört.

Gran kam jetzt aus dem Wagen geeilt und verkündete, niemand werde irgendwas tun. Zu mir sagte sie, ich solle bitte auf Ned aufpassen, und die Verwaltungstypen bat sie, einen Moment zu warten.

»Niemand nähert sich den Pferden. Ich habe alles, was man braucht – da drinnen.« Sie deutete auf den Wohnwagen und war schon wieder drin verschwunden.

»Gran, was machst du?«

Ich schaute durchs Fenster und sah, dass sie alle Blechdosen und Holzkästchen öffnete, und außerdem warf sie die bunten Decken in die Luft.

»Verschwinden Sie!«, schrie Ned die Männer an. »Sie machen meiner Großmutter Angst. Und Sie haben kein Recht, hier zu sein.«

»Ned, hör auf!«, ermahnte ich ihn. »Gran regelt das schon. Aber du musst ruhig bleiben, bis sie die Papiere gefunden hat.«

»Ned Buckley, auf Grund zahlreicher Beschwerden und in Übereinstimmung mit den Gesetzen von Ballyross ...«

Ich bekam große Angst.

»Bitte – alle mal zuhören!«, rief ich. »Die ganze Sache ist ein Missverständnis. Mrs Buckley hat die Papiere – sie muss sie nur ... suchen. Sie dürfen ihr und den Pferden nichts tun. Sie hat alles, was Sie sehen wollen. Es ist ein Irrtum!«

Die Männer schienen mich nicht zu hören. Jetzt begann ich zu flüstern.

»Sie können nicht zu Ned sagen, dass Sie seine Pferde mitnehmen.«

»Doch, das können wir. Wir halten uns an die Vorschriften.«

»Okay, selbst wenn das stimmt – bitte, tun Sie es trotzdem nicht. Bitte, sagen Sie ihm nicht, weshalb Sie hier sind, sonst passiert was.«

»Was soll denn passieren?«, fragte einer der Männer.

»Keine Ahnung. Etwas ganz Schreckliches.«

27

»Minty!«, schrie er. »Minty, komm schon, wir müssen sie von hier wegbringen!«

Alle schauten uns an.

»Lauf, Minty! Schnell! Hörst du nicht, was ich sage? Du musst hierherkommen.«

Mir war klar, dass niemand ihn aufhalten konnte. Und ich hatte recht. Ned liebte seine Pferde, und diese Liebe machte ihn verzweifelt. Die Pferde hatten ihm Dinge beigebracht, die er auch von Menschen hätte lernen können. Aber, ehrlich gesagt – in Neds Leben gab es nicht viele Menschen.

Dagger und Phoebe waren völlig verängstigt. Ich konnte das genau sehen, aber Ned würden sie überallhin folgen, sie würden alles tun, was er ihnen sagte.

★★★

Pferde verstehen sehr viel, sie hören die kleinsten Nuancen in der Stimme eines Menschen, den sie lieben, sie bemerken jede Veränderung in seinem Gesicht. Sie spüren, wie sich die Körperspannung des Reiters verändert, wenn dieser irgendwie nervös wird. Für ein Pferd kann sich das anfühlen wie ein Unwetter. Pferde sehen und fühlen Dinge, von denen die Menschen meistens gar nichts ahnen.

Ich schaute zu Ned hinüber, blieb aber wie angewurzelt stehen. Er konnte unmöglich entkommen! Das würden die Männer niemals zulassen, und hinter ihm war der Fluss. Doch Ned rief den Pferden etwas zu – und die Pferde rannten ins Wasser, während wir sprachlos zuschauten. Jetzt hatte Ned die Situation unter Kontrolle.

»Weiter, weiter!«, rief er, und die Pferde liefen immer tiefer in den Fluss. Er rannte los, sprang auf die Reifenschaukel, schwang sich weit übers Wasser und landete auf Daggers Rücken.

»Komm schon, Minty – ich brauche dich!«, rief er.

Nun hatte ich also wieder eine neue Geschichte – und alle anderen ebenfalls. Es war die Geschichte von dem Moment, als ich Ned folgte und mich wie er mit dem Reifen über den Fluss schwang, um auf Phoebe zu landen. Die Männer schauten nur zu. Diese Männer, die glaubten, sie hätten die Macht, glotzten uns fassungslos nach, und wir kletterten am anderen Ufer mit unseren Pferden aus dem Wasser, sprangen über die Stechginsterbüsche, als hätten wir Flügel, und verschwanden.

★★★

Die Sirenen heulten, die Jagd hatte begonnen. Es gibt eine ganz normale Brücke über den Fluss, und es dauerte nicht lange, bis die Männer sie erreicht hatten. Wir galoppierten immer weiter, aber wir hörten sie hinter uns.

»Ned, wohin reiten wir?«

Die Büsche waren hier höher als drüben, und wir kannten dieses Flussufer nicht halb so gut wie die Nettlebog-Seite. Und Ned antwortete mir sowieso nicht. Er ritt voraus, an Dagger festgekrallt, und wenn ich gerufen hätte, dass er auf mich warten solle, hätte das auch nichts geändert.

Ich hatte immer noch das Gefühl, dass etwas Schreckliches passieren würde, und ich konnte gar nichts dagegen tun, außer mit ihm mitzuhalten und in seiner Nähe zu bleiben.

Er verschwand aus meinem Blickfeld, und ich murmelte: »Komm, Phoebe, schneller, du schaffst das!« Aber Phoebe wusste es schon vor mir, denn da war etwas in ihr, was sie dazu brachte, ihr Tempo zu reduzieren – ihre Schritte wurden vorsichtiger, und ihre Ohren richteten sich auf, um es zu hören. Das Kreischen. Den Aufprall.

★★★

Es gibt Dinge, gegen die man nichts tun kann, gleichgültig, wie sehr man sich bemüht. Manchmal spielt es keine Rolle, wie willensstark man ist und wie mutig.

Dagger lag auf dem steinigen Boden, und Ned legte den Kopf auf Daggers Kopf und weinte, und alle anderen standen um die beiden herum und schauten zu ihnen hinunter.

Ich will es keinem zumuten, die Laute zu hören, die Ned von sich gab, und ich werde sie auch nicht beschreiben, denn so eine Beschreibung würde ihn demütigen, und das würde ich niemals tun wollen.

Aber alle Leute kamen angelaufen, und sie hörten sie sowieso.

Bald hatten die offiziell aussehenden Männer ihre Notizblöcke gezückt, und eine große Menschenmenge fand sich ein, mit blinkenden Handys. Die Sirenen schrillten in meinem Kopf.

Ich glaube nicht, dass es Ned etwas ausmacht, wenn ich sage, dass er seinem Pferd zuflüsterte, es tue ihm unendlich leid. Und dass alles seine Schuld sei.

Er blieb ewig so bei Dagger und schien gar nicht zu merken, dass massenhaft Zuschauer herumstanden. Niemand brachte es über sich, ihn wegzuziehen, und ich glaube außerdem, dass es gar nicht gegangen wäre, selbst wenn jemand es versucht hätte. Ich weiß noch genau, dass Ned gar nicht aussah wie er selbst. Er sah so einsam aus. Er sah aus wie jemand, der keinen Menschen an seiner Seite hat. Auf einmal war er ganz klein. Ganz verloren. Er sah nicht so aus wie sonst. Er sah aus wie ein kleines Kind.

★★★

»Lasst mich in Ruhe! Lasst mein Pferd in Ruhe! Bei uns ist alles in Ordnung«, sagte er und wischte sich die Nase ab. Auf seinem Unterarm blieb ein roter Streifen zurück. Es war Blut. Seine Augen rollten nach hinten. Dann sank er gegen mich und glitt zu Boden.

Dagger bewegte sich. Kurz schlug er im Liegen um sich, dann richtete er sich auf.

»Ned, Dagger ist okay. Er ist okay. Ned!«, rief ich. »Du hast recht gehabt, Ned. Um Dagger auszuschalten, braucht es mehr als ein Stolpern auf steinigem Boden.«

Jetzt war es Ned, der nicht reagierte.

Dagger stand neben dem zitternden Ned, und Dagger zitterte ebenfalls und wieherte so kläglich, dass es klang, als würde er weinen.

Gemeinsam mit fünf anderen Leuten gelang es

mir schließlich, Dagger aus dem Weg zu schieben, damit der Krankenwagen heranfahren konnte.

★★★

Keine Ahnung, wie Dad es erfahren hat, aber da stand er und verkündete, jetzt reiche es aber wirklich und er nehme mich mit nach Hause. Seiner Meinung nach konnte ich froh sein, dass ich noch am Leben war. So etwas Furchtbares sei noch nie passiert! Und er sah darin nun die endgültige Bestätigung dafür, dass er und Mum recht gehabt hatten.

»Dad, ich bin ja bereit, dir vieles zu verzeihen«, sagte ich. »Aber jetzt musst du mich sofort ins Krankenhaus bringen, damit ich weiß, ob Ned okay ist – und wenn du's nicht tust, werde ich dir das niemals verzeihen. Verstehst du mich – niemals.«

Vielleicht erfahre ich nie den wahren Grund, aber zum ersten Mal seit einer halben Ewigkeit hatte ich den Eindruck, dass Dad mir zuhörte. Und was noch verblüffender war: Er tat, worum ich ihn gebeten hatte.

★★★

Ich rannte durch die Krankenhausgänge und hörte meinen keuchenden Atem, meine eiligen Schritte.

»Ich muss Ned Buckley sehen«, stieß ich schluchzend hervor.

»Sind Sie mit dem Patienten verwandt?«, fragte die Schwester bei der Anmeldung.

»Ob ich mit ihm verwandt bin? Was heißt das?« Ich holte tief Luft und fühlte mich so, wie sich vermutlich alle Menschen fühlen, wenn sie kurz davor sind, etwas Wichtiges zu sagen, etwas Entscheidendes.

»Ich bin seine Freundin«, sagte ich. »Seine beste Freundin.«

Ich wiederholte das noch ein paarmal, als müsste es endlich ausgesprochen werden, als müssten alle es hören und wissen – als würde ich es der ganzen Welt verkünden.

★★★

Gran war schon da. Sie saß an Neds Bett und erzählte, dass sie alles geregelt hatte. Den Pferden ging es gut. »Ein bisschen durcheinander vielleicht«, sagte sie, »aber nichts von Dauer. Sie sind im Stall des Tierarztes und werden dort versorgt.«

»Nehmen sie euch wirklich die Pferde weg?«, fragte ich.

»Ich passe auf«, antwortete sie, und das hieß so viel wie: Nein, auf keinen Fall.

»Gran Buckley hat noch nie was Illegales besessen«, sagte sie dann, empört und stolz. »Diese Jungs von der Verwaltung wissen das vielleicht nicht, aber sie werden einigen Ärger kriegen wegen ihrer Aktion.«

Gran hatte sämtliche Papiere, die man brauchte. Selbstverständlich! Sie hatte eine Weile gebraucht, sie zu finden, aber alles war da: die Bestätigung des Tierarztes, sämtliche Zertifikate. In Nettlebog ist es tatsächlich verboten, dass Minderjährige ein Pferd besitzen, aber Gran ist die offizielle Besitzerin von Dagger und Phoebe. Alles war in bester Ordnung, und es musste nichts weiter unternommen werden, außer dass die Schnösel von der Verwaltung einen Denkzettel bekommen sollten.

»Es wird ihnen noch leidtun«, murmelte Gran vor sich hin. »So einen Quatsch macht keiner ungestraft, jedenfalls nicht, wenn es um meinen Jungen und seine Pferde geht. Das lasse ich nicht zu.«

Obwohl sie lächelte, konnte ich ihr ansehen, dass sie innerlich immer noch kochte vor Wut – aber Wut fühlt sich ja manchmal gut an. Wenn die Wut genau weiß, wogegen sie sich richtet. Und wenn sie alles in Ordnung bringen will. Und genau so war es bei Gran. Eine gute Wut. Echt und begründet.

Gran sagte, dass es bestimmt jede Menge Dinge gab, die wir besprechen mussten. Und als Ned mich anschaute, sah ich bei ihm noch mehr neue Dinge, die ich bisher noch nicht bemerkt hatte.

★★★

Es dauerte eine ganze Weile, bis Gran sich wieder beruhigt hatte. Sie war so sauer! Sie habe gute Lust, sagte sie, zum Oberbonzen in der Bezirksverwaltung zu gehen und eine Entschuldigung zu verlangen. Und sie erzählte mir, dass diese Lehrerin namens Serena zu ihr gesagt hatte, dass ihr Enkel Ned eine uralte Tradition ehrte.

Serena hatte nach dem Rennen mit ihr gesprochen und Ned nach Siena eingeladen – jederzeit. »Die Einwohner von Ballyross denken allesamt, sie sind was Besseres – aber wie viele können von sich behaupten, dass sie schon mal nach Siena eingeladen wurden?«

Und schon bekamen wir neues Selbstvertrauen, und wir führten ein sehr ernstes Gespräch – ein Gespräch, das uns zu der Überzeugung brachte, wir könnten nach Siena reisen. Nicht in unseren Träumen, sondern hier und jetzt. Im echten Leben.

Es ist verrückt, wenn man darüber nachdenkt. Da unterhalten sich zwei Leute, und schon sehen sie eine Möglichkeit, die sich schließlich in einen festen Plan verwandelt. Genauso ist es gelaufen. Und dann wurde aus dem vagen Traum von Neds Italienreise eine unumstößliche Sache.

»Ich gehe – aber nur unter einer Bedingung«, sagte Ned.

»Und die wäre?«

»Dass du mitkommst.«

28

Ned sagte später, dass er den Beschluss, nach Siena zu fahren, sofort fasste, als Serena das erste Mal den Palio erwähnte. Und jetzt wollte er unbedingt, dass ich mitkam. Davon war er nicht abzubringen. Also planten wir die Reise gemeinsam.

Bis ins letzte Detail.

Gran war unsere Verbündete. Und es kam mir schon fast vor wie ein Wunder, aber meine Eltern waren inzwischen etwas nachgiebiger in »der Sache mit Ned Buckley«, wie sie sich ausdrückten. Sie waren bei einem Mediator gewesen, der ihnen erklärte, dass ein Kontakt nur noch attraktiver wird, wenn man ihn verbietet. Deshalb sagten sie zu mir, sie seien bereit, uns ebenfalls zu unterstützen. Sie skypten mit Serena, um sich zu versichern, dass die Einladung ernst gemeint war. Ned bezahlte die Flüge mit dem Preisgeld, das er beim Ballyross-Rennen gewonnen hatte, und wir buchten alles mit der Kreditkarte meines Vaters, ganz früh an einem Samstagmorgen im Juni, auf einem PC in der Bibliothek.

Gran brachte uns in ihrem verrosteten weißen Van zum Flughafen.

Serena erwartete uns in Pisa, so funkelnd und magisch wie immer. Es war wunderbar, sie zu sehen. Normalerweise fuhr sie mit Gästen, die auf diesem Flughafen landeten, gleich zum Schiefen Turm, erzählte sie, aber heute war kein normaler Tag, und wir waren keine normalen Gäste, und außerdem hatten wir gar nicht genug Zeit.

»Willkommen!«, rief sie. »Und vielen Dank, dass ihr mir die Ehre eures Besuchs erweist. Ihr könnt euch gar nicht vorstellen, wie wichtig das für mich ist.«

Wir trugen unser Gepäck ins Haus, Serena zeigte uns unsere riesigen Zimmer und sagte, sie erwarte uns unten mit einer kleinen Mahlzeit, sobald wir so weit seien.

★★★

Serenas Sandwiches waren superlecker. Frischer Mozzarella, Basilikum, dunkelrote Tomaten. Die Farben der italienischen Flagge.

Sie hatte einen Stall voller Pferde, und sie hatte eine Nichte namens Lucia, die uns die Hand schüttelte und uns auf beide Wangen küsste und sagte, sie freue sich so, uns endlich kennenzulernen. Sie wusste, dass wir einmal auf unseren Pferden in die

Schule geritten waren. Sie wusste auch, dass unsere Pferde Dagger und Phoebe hießen. Und dass meine Mutter sich das Bein gebrochen hatte und ins Krankenhaus musste. Sie sagte, dass Serena ihr erzählt habe, wir seien zwei der tollsten Schüler, die sie je unterrichtet hatte. Ich war total erstaunt.

»Ich weiß, dass ich sehr plötzlich verschwunden bin«, sagte Serena. »Das tut mir sehr leid, aber ich war überzeugt, dass ich alles nur noch schlimmer machen würde.«

★★★

Serena stammte aus einer vornehmen italienischen Familie, wie sie uns ja schon erzählt hatte. Der Familie gehörte eins der Häuser an der Piazza del Campo, und dieses Haus hatte einen Balkon, von dem aus wir das Rennen sehen konnten. Und wenn wir es nicht verpassen wollten, dann mussten wir uns beeilen.

Wir gingen eine enge Straße mit Kopfsteinpflaster entlang. Und dann waren wir auf dem berühmten Platz, der die Form eines Fächers hatte. Er war wunderschön, und der alte Glockenturm aus roten und beigen Steinen ragte hoch in den Himmel.

★★★

Es ist wahr: Ned und ich waren dort, und wir haben es gesehen.

Ned streckt die Hand aus, als wir hinaus auf den Balkon treten. Also bleibt mir nichts anderes übrig, als ebenfalls die Hand auszustrecken, und dann halten wir uns tatsächlich an den Händen und lassen nicht mehr los. Er zieht mich zu sich, und ich drücke mein Gesicht an seinen Hals. Ich kann seinen Geruch einatmen - nicht mehr das Feuer-Aroma, sondern eher Gewürznelken und Minze -, und falls der Glaube eine Duftnote hat, dann ist es die, nach der Ned riecht. Ich sauge den Duft ein, und wieder umhüllt mich ein ganz neues Gefühl, das keinen Namen hat.

»Hallo«, sage ich, als hätte ich ihn seit einer Ewigkeit nicht mehr gesehen.

»Auch hallo«, entgegnet er. Und schaut mich an. Seine Augen lassen mich nicht mehr los. Ned ist der einzige stumme Mensch in der Umgebung der brodelnden Piazza del Campo. Und ich sehe ihn, sein ganzes Wesen, nicht nur sein Äußeres, und er sieht mein ganzes Wesen. Er sieht das kleine Kind und das zornige Mädchen und die Glaubende und die draufgängerische Reiterin, er sieht den Mut und die Angst und die Traurigkeit - alles, was in mir ist.

★★★

Das Brausen und Dröhnen wird immer lauter. Unten auf der Piazza del Campo verändert sich irgendwas. Der große Augenblick rückt näher.

»Schau mal«, sagt Ned.

Wir blicken beide hinunter auf den Platz, zu den Fantini und den Flaggen und den Farben und der schreienden Menge. Ned hat den Arm um meine Taille geschlungen und ich meinen um seine.

Er hat diese Sicherheit im Blick – es gibt Dinge, die Ned weiß und die sonst keiner versteht. Wenn der Palio vorbei ist, dann werde ich ihn voraussichtlich küssen.

★★★

Wer beim Palio war, der wird vieles nie vergessen. Wie die Pferde an der Startlinie tänzeln, weil sie loswollen. Wie alle Leute auf den großen Augenblick warten, wenn das Rennen beginnt. Wir warten auch darauf, und wir sind bereit. Wir wissen, dass der Augenblick unmittelbar bevorsteht.

Und das, was jetzt kommt, ist besser und bunter und schöner als alles, was ich je gesehen habe.

Ich weiß nicht, was Ned denkt, aber ich nehme an, dass er das Gleiche denkt wie ich. Eines Tages können wir das sein. So stark, so schnell, so furchtlos wie die Fantini. Wir werden den gleichen Gesichtsausdruck haben – konzentriert, ruhig –, wir werden entschlossen sein, alles zu geben. Alles, was wir haben.

Der Balkon füllt sich, und die anderen drücken uns aneinander, sie schubsen und drängeln, sie rufen laut und sind aufgeregt.

Ich sehe, wie Ned die Augenbrauen ein bisschen hochzieht und wie er blinzelt, und ich kann sehen, dass er etwas sagt.

»Hör zu, Minty, ich …«, ruft er, aber die Menge übertönt ihn.

»Was hast du gesagt?«

Ned deutet nach unten, auf den Mann im weißen Hemd.

Obwohl wir darauf gewartet haben, zucken wir beim Schuss zusammen.

Und die Pferde – diese wunderbaren Pferde, stark und elegant und ganz auf den Augenblick ausgerichtet –, sie sind unterwegs.

Dank

Ich danke Fiona Kennedy für ihre Klugheit und Erfahrung und für ihren Optimismus – Eigenschaften, die für mich immer ein Quell der Freude sind.

Jo Unwin besitzt einen Zauber, den jeder spürt, der sie kennenlernt. Im vergangenen Sommer hat sie mit mir einen Mini-Schreiburlaub gemacht. Diese vier Tage haben mir wieder einmal gezeigt, dass elementare Dinge wie Großzügigkeit und gutes Essen unbedingt für Wohlbefinden und Kreativität sorgen. Danke auch an Dido Crosby und Anne Buchanan für ihre charmante Gastfreundschaft.

Ich danke meinen Erstlesern, Ben Moore, Mel Sheridan und David Moore, für ihre einfühlsame Kritik, ihre liebenswürdige Bestätigung – und beides wunderbar ausgewogen.

Ein ganz besonderer Dank geht an eine phantastische Crew aus Familie, Freunden und Schreibgefährten, vor allem: Eoin Devereux, Julie Hamilton, Sarah MacCurtain, James Martyn Joyce, Fergal Molony, David Moore, Paul Moore, Morgan Moore, Meredith Moore, Joe O'Connor, Clare O'Dea, Jennifer O'Dea, Joe O'Dea, Fionnuala Price, Adele Whelan und Bob Whelan.

Sehr dankbar bin ich Valerie Bistany und allen vom Irish Writers' Centre für ihren Beistand. Dass ich den Jack-Harte-Bursary-Preis bekommen habe, war ein enormes Privileg und ein Geschenk – ich hatte so genug Zeit und einen Ort, um zu schreiben: das zauberhafte Tyrone Guthrie Centre.

Meine Liebe und mein Dank gelten vor allem meinen wunderbaren Kindern Eoghan, Stephanie und Gabriela. Und, wie immer, Ger Fitz, der Liebe meines Lebens.

Sarah Moore Fitzgerald
Januar 2016